De rode droom

Bernlef

De rode droom

Roman

AMSTERDAM · ANTWERPEN
EM. QUERIDO'S UITGEVERIJ BV
2009

Voor Eva

Eerste en tweede druk, 2009

Omslag Anneke Germers
Omslagbeeld Getty Images/Richard Kolker
Foto auteur Leo van der Noort

ISBN 978 90 214 3489 6 / NUR 301
www.querido.nl

*Wat is alles slecht geregeld in de wereld en
wat is het prettig betere te fantaseren!*

Gustave Flaubert

1

Het volkspark op een nazomerdag. Rond de grote vijver, waarin groepjes eenden tussen ronddobberende bierblikjes heen en weer peddelen, staan een stuk of wat houten banken. De lindegroene verf is hier en daar van de latjes van de rugleuningen afgebladderd. Op een ervan zit een jongeman met lang donker haar tot op zijn schouders. Hij draagt een spijkerbroek en een groen T-shirt met daarop de tekst 'Freedom now'. Jochem is zijn naam. Naast hem zit een meisje. Ook zij draagt een spijkerbroek en een grijze trui met gerafelde mouwen. Haar oranje geverfde haar is kort en recht onder haar oren afgeknipt. In haar rechter neusvleugel glanst een zilveren ringetje. Haar grote voeten steken in gympen zonder veters. Haar naam is Petra. Zij is verkouden. Ze houdt een wijsvinger tegen haar linker neusgat, buigt zich voorover en snuit luidruchtig. De geelbruine herdershond aan haar voeten kijkt even naar de fluim in het gras en legt zijn kop dan weer tussen zijn voorpoten. Om zijn nek zit een rafelig touw.

Vanuit de ingang bij de Weilstraat loopt Krap het park in terwijl door de ingang aan de Frederikstraat, even verderop, Kowalski op datzelfde ogenblik het volkspark betreedt. Van twee kanten naderen zij de bankjes rond de vijver. Krap is vijfenvijftig en, zoals spoedig zal blijken, Kowalski eveneens.

Maar nu kennen ze elkaar nog niet. De bladeren van de kastanjebomen zijn aan de randen al lichtbruin verkleurd. Toch lijkt de herfst nog ver weg. Her en der liggen glanzende kastanjes in het gras.

Krap komt als eerste aan. Hij kijkt om zich heen en neemt dan plaats op de bank naast die waarop Jochem en Petra zitten. Even kijkt hij licht misprijzend in hun richting, slaat dan zijn ene been over het andere. Hij is groot en breed met het begin van een buikje. Hij legt zijn grove handen op zijn knieën en lijkt de grijze stof van zijn broek te bestuderen. Zijn ogen liggen klein en diep in zijn ronde gezicht en staan vermoeid alsof hij lange tijd niet geslapen heeft. Zijn verkreukelde blauwe windjack, waarvan de rits kapot is, hangt open. Hij heft zijn hoofd pas weer op als Kowalski naast hem komt zitten. Even kijken zij elkaar schattend aan, Kowalski aan de linker-, Krap aan de uiterste rechterkant van de bank. Kowalski is dun en schriel. Het is raden wat zich onder zijn lichtbruine lange plastic regenjas voor kleding verbergt.

Jochem staat op en loopt naar een overvolle ijzeren prullenbak. Hij haalt er een rood plastic flesje en een in elkaar gestampt bleekblauw melkkarton uit, zet ze op een van de lege banken naast elkaar en haalt een camera tevoorschijn. Gehurkt maakt hij een paar foto's van het flesje en het verkreukelde melkkarton. Zijn vriendin Petra kijkt niet naar hem, maar naar de twee mannen op de bank naast haar. Van haar gezicht valt af te lezen dat zij haar oordeel al geveld heeft: twee burgermannetjes, zoals er zoveel rondlopen in de stad; oud, kleurloos, moe en uitgeblust. Geboren meelopers. De hond lijkt daar anders over te denken. Met een wijd open gapende roze bek komt hij, zijn poten traag strekkend, overeind en loopt met stramme passen op Krap en Kowalski af. Hij blijft recht voor hen staan en kijkt hen aan. Misschien ziet hij dat Krap bruine ogen heeft en Kowalski helblauwe. De twee mannen verroeren zich niet, staren op hun beurt de hond aan. Dan doet de hond een stap naar voren en legt zijn kop op Kraps grijze knie. Krap streelt het dier een paar keer kort over zijn kop. Als hij ermee stopt doet de hond een paar stappen opzij en legt zijn kop vervolgens op Kowalski's plastic jas. Kowalski kriebelt de hond onder zijn kin, buigt zich voorover en kijkt in de gele ogen van het dier. 'Brave hond,' zegt hij met zachte stem. Dan roept Petra de hond bij zich. 'Brutus, kom hier.'

Krap glimlacht. 'Ook gij Brutus,' zegt hij tegen de man in de regenjas.

'Mijn naam is Kowalski,' zegt Kowalski.

'Ik citeerde Shakespeare. Mijn naam is Krap,' zegt de ander. Hij schuift dichter naar Kowalski toe en steekt zijn hand uit. Beide mannen schudden elkaar de hand, niet overdreven hartelijk maar minzaam.

Zo, door bemiddeling van de herdershond Brutus, maakten zij kennis met elkaar. Eerst spraken zij over het weer, over de herfst die dit jaar lang op zich liet wachten. Na een korte stilte vroeg Krap naar Kowalski's leeftijd. Kowalski gaf hem die.

'Dat is ook toevallig,' zei Krap. 'Ik ben ook vijfenvijftig. Wat doet u voor de kost als ik vragen mag?'

'Ik werkte bij papierfabriek Loretz, op de afdeling Landelijke Distributie Toiletpapier, LDT. Sinds kort is de fabriek overgenomen door de organisatie Vrijhand en is de afdeling gesloten.'

'Hoezo dat,' vroeg Krap. De toon waarop hij die vraag stelde getuigde van een minimum aan belangstelling.

'Door de schrikbarende toename van het aantal kranten is de vraag naar papier zo gestegen dat er niets meer overschiet voor het maken van toiletpapier.'

Krap moest lachen. 'De organisatie Vrijhand. Wie kent die club niet. De firma Grijphand zoals de mensen al zeggen. Zelf zat ik in de liftenbranche, inspecteur van Zelpass-liften. Ik reisde het hele land door. Nu heeft Vrijhand er een nieuwe directeur neergezet en ben ik als "overtallig werknemer" tot suppoost van het Liftenmuseum gedegradeerd.'

'Ik ben ontslagen,' zei Kowalski. 'Het gevolg is dat de mensen nu hun kont weer moeten afvegen met krantenpapier.'

'Net als vroeger,' zei Krap.

'Met alle gevolgen van dien,' zei Kowalski. 'Zoals verstopte plees.'

'Haperende liften,' repliceerde Krap. 'Het is een grotere chaos dan ooit. Je kunt veel van het oude regime zeggen, maar de zaken waren wel op orde. Nu we met z'n allen het Buurland omhelsd hebben zijn we verder dan ooit van het werkelijk bestaande socialisme verwijderd.'

Kowalski zuchtte. 'Het leek op papier allemaal zo mooi. Maar heeft het ooit bestaan, dat socialisme?'

'Het is nog steeds mooi,' zei Krap. 'De maatschappij moet alleen radicaal anders worden ingericht. Dan zal het werkelijkheid worden.'

'Hoe dan,' vroeg Kowalski en hij wreef over een donkere vlek op zijn regenjas.

'Door de wet van de wederzijdse aantrekkingskracht, herverdeling van werk op basis van kennis en plezier, in overzichtelijke kleine gemeenschappen waarbij het groepsbelang vooropstaat.'

Kraps gezicht gloeide van overtuigingskracht. Hij voelde zich genoodzaakt te gaan staan en zijn woorden met brede gebaren te onderstrepen.

En zo verlieten ze even later al pratend, zij aan zij, het park. De grote grove Krap, druk gebarend, en de iele Kowalski, zijn hoofd scheef houdend en opkijkend naar de man die zijn vriend zou worden.

Het verdwijnen van een land, van het ene moment op het andere. Je zou het kunnen vergelijken met het ontwaken uit een droom. Zo gauw je je ogen opent zijn de net nog duidelijke beelden vervluchtigd, in het niets verdwenen.

Een buitenstaander zou de situatie wellicht zo onder woorden brengen. Maar de werkelijkheid zag er anders uit. De inwoners van de stad K. hadden meer dan dertig jaar in een bange droom geleefd, sommige zelfs in een nachtmerrie. Ieder moment kon je worden aangehouden, meegenomen naar een kazerne of een politiebureau om daar te worden ondervraagd; je gangen konden worden gevolgd door leden van de volkspolitie in burger. Wie was er geen spion? Alleen in bed was je veilig. Daar kon je dromen over een ontsnapping naar het buitenland, daar zweefde je moeiteloos hoog boven de mijnenvelden en over de met bemande wachttorens en prikkeldraadversperringen bewaakte grenzen, daar rook je de geur van pas gemaaid gras, de frisse geur die je met vrijheid en vreugde associeerde.

Het was dus niet verwonderlijk dat de inwoners van K. die ochtend van de veertiende juli even behoedzaam en argwanend als altijd de straat op schoven. Voor de nog gesloten winkels hadden zich al rijen vrouwen met boodschappen-tassen gevormd. In hun grote portemonnees bewaarden ze de bonnen die ze straks nodig zouden hebben. Voor het paleis van justitie stonden de wachthuisjes aan weerszijden van de hoge toegangspoort onbemand; achter de lange rijen ramen van het parlementsgebouw bewogen zich geen ambtenaren in smetteloos witte overhemden en evenmin leden van de volkskamer. Pas toen de inwoners van de stad K. op hun werk arriveerden, te voet of met de tram, en hun collega's rond een radiotoestel aantroffen, werd het hun duidelijk. De regering was gevlucht, midden in de nacht hadden alle ministers en hun ambtenaren de benen genomen. Toch was de stemming bedrukt. Het kon tenslotte ook om een provocatie gaan, een list om de burgerij uit haar tent te lokken, te zien hoe zij zou reageren als de macht schijnbaar in rook was opgegaan. Pas op de derde dag schudden de mensen de laatste resten achterdocht van zich af en werden wakker in een nieuwe werkelijkheid.

In de daaropvolgende tien dagen trok iedereen de straat op. Niet om naar zijn werk te gaan, maar om in een golf van vrolijke razernij alle uiterlijke tekens van het gehate regime uit het straatbeeld te verwijderen. Als eerste verdwenen alle spandoeken met leuzen als 'Een verhoogde productie in ieders belang', 'Alle macht aan het volk', 'Socialisme is Vrijheid'; daarna werd het Monument van de Strijdkrachten voor het gebouw van de volksmilitie met behulp van dynamiet, meegebracht door mijnwerkers uit het zuiden van het land, opgeblazen. Door de hele stad werden standbeelden van de vroegere machthebber door bouwvakkers met kraanwagens omvergetrokken en met voorhamers toegetakeld. Plaquettes werden van de gevels gerukt en symbolen van de arbeidersstaat kapotgeslagen of met rode menie besmeurd. Aan de muren verschenen slordig opgeplakte kranten en nieuwsbulletins. Het volk leek inderdaad de macht gegrepen te hebben. Overal in buurten en wijken ontstonden spontaan straatfeesten; mensen hingen uit de ramen, een paar oudjes hadden zelfs een vlag van het oude koninkrijk uitgehangen, de blauwe vlag met de drie gouden sterren. Vrouwen dansten met elkaar in de kleurigste jurken die ze in hun kleerkasten konden vinden, kinderen renden op blote voeten achter blaffende honden aan. Nergens viel politie te bekennen. Er werd in die tien dagen meer gelachen dan in de dertig jaar ervoor.

En wat deden Krap en Kowalski in die periode? Krap nam volop deel aan het vernielen. Het gerinkel van brekende etalageruiten stemde hem vrolijk. De staatswinkel vol luxegoederen die alleen met dollars konden worden aangeschaft, waar alleen het hogere partijkader kwam, werd geplunderd. Krap stond op het trottoir ertegenover, zijn armen over elkaar, en knikte goedkeurend, iedere keer dat iemand met een kartonnen doos onder zijn arm schichtig om zich heen kijkend op een holletje in de verte verdween. Zijn gezicht klaarde op. Hij liep naar Hotel Victoria achter de botanische tuin. Iedereen in de stad wist dat daarin een bordeel voor partijbonzen gevestigd was. Zonder aarzelen snelde Krap over de versleten rode loper naar de tweede verdieping, waar hij pardoes in de armen van een mollige hoer liep. Op de bar stonden rijen champagneflessen. De hoer heette Willy en 'vanwege de bijzondere situatie', zoals Willy het uitdrukte, mocht hij haar voor niks neuken, als hij maar een condoom gebruikte. Dat moest hij wel betalen. Jammer genoeg kwam hij veel te vlug klaar.

Krap zuchtte. 'Zo zou het altijd moeten zijn, gratis en voor niks.'

'En hoe denk je dat ik dan mijn geld moet verdienen?'

Terwijl Krap zijn broek dichtknoopte, zei hij: 'We zouden het huwelijk moeten afschaffen.'

'En dan,' vroeg Willy, die haar klant even niet kon volgen.

'Dan zou iedereen aan zijn trekken komen met wie hij maar wilde.'

'En dat moeten wij vrouwen over onze kant laten gaan?'

'Niet alleen mannen gaan vreemd, vrouwen net zo goed.'

'Ik heb anders nooit vrouwelijke klanten,' giechelde Willy. 'Jij hebt zeker geen vrouw?'

'Mijn vrouw zit in het buitenland.'

'Gelijk heeft ze,' zei Willy. 'Geneukt wordt er altijd. Binnen en buiten het huwelijk, binnen en buiten de landsgrenzen.'

'Het huwelijk is een achterhaalde instelling,' zei Krap beslist.

'Dat zeg je alleen maar omdat je vrouw je heeft laten zitten.'

Krap zweeg.

's Avonds probeerde hij zijn vrouw Spreeuw in Amsterdam te bellen. Tot zijn verbazing kreeg hij haar zonder problemen aan de lijn. Toby, riep hij (want zo heette zij in het echt), Toby, we zijn vrij. Je kunt terugkomen. Maar daar dacht Toby niet aan. Ze had het reuze naar haar zin met haar nieuwe vriend Johan, die net een reisbureau in Amsterdam was begonnen.

Kowalski bleef die hele tijd thuis in zijn krappe eenkamerwoning in de Frederikstraat. Met een gietertje in zijn hand keek hij naar de feestende menigte die beneden door de straten trok. Hij was altijd bang voor volksmassa's geweest. Daarom ging hij gewoon door met het begieten van zijn begonia's die in rechte rijen als soldaten in het gelid langs de plinten van zijn kamer stonden opgesteld. Later luisterde hij op bed liggend naar de radio. Opgewonden stemmen, warrige betogen, de woorden vrijheid en democratie vlogen hem om de oren. Terwijl buiten het rumoer doorging en een zigeunerorkestje op de hoek van de straat speelde hoorde hij de president van het Buurland verklaren dat het Thuisland was opgeheven en nu deel uitmaakte van het Buurland. Toen hij dat hoorde barstte Kowalski in tranen uit.

[In de loop van de geschiedenis zijn er door veroveringsoorlogen landen voor kortere of langere tijd bezet geweest zonder hun identiteit of naam voor altijd te verliezen. Maar het land waar het hier over gaat verdween opeens, werd van de ene op de andere dag non-existent verklaard. Alsof er al die jaren niet geleefd was, er niet gebouwd was, geen dingen waren geproduceerd, er zich geen herinneringen hadden gevormd, geen menselijke betrekkingen, geen geschiedenis, er nooit iets bewogen had – zoals in het sprookje van Doornroosje – en de inwoners nu pas wakker werden in een ander land, dat als twee druppels water op het oude leek.]

Er knaagde iets aan Kowalski, maar hij had niemand om dat gevoel mee te delen. Misschien zou het leven nu beter worden, gemakkelijker. Toch voelde hij zich bestolen. Bestolen van een droom die hij tegen beter weten in altijd gekoesterd had, de droom over een maatschappij waarin iedereen gelijk was en het nooit meer oorlog zou worden.

Jochem en Petra (hun achternamen zijn niet bekend) zaten allebei op de kunstacademie, die gevestigd was in een groot gebouw opgetrokken in de functionalistische stijl van de vroege jaren dertig met drie rijen grote in ijzeren kozijnen gevatte ramen. Het mocht een wonder heten dat het gebouw de oorlog had overleefd want het lag vlak bij de haven. Er was niet alleen een afdeling beeldende kunst in gevestigd, maar ook een conservatorium, een toneelschool, een dansafdeling en een sectie film en media. De bedoeling van de stichters was geweest om de studenten uit de verschillende disciplines met elkaar in contact te brengen, zodat er een 'vruchtbare uitwisseling van ideeën' zou plaatsvinden. Jochem zat op de filmafdeling, Petra tekende en schilderde. Jochem had een paar documentaires gemaakt waarvan er een, over fruitteelt en fruitverwerking, op de televisie was vertoond. Petra had zich toegelegd op het schilderen van portretten. Eigenlijk wilde ze heel iets anders, maar alles wat maar naar abstracte kunst riekte werd door de leiding van de schildersafdeling als 'verwesterd' en 'decadent' afgewezen. En zo deden de meeste studenten iets dat ze niet wilden. Over wat ze dan wel wilden hielden ze felle, tot diep in de nacht durende discussies in het leegstaande pakhuis naast de academie, waarin de meeste studenten gehuisvest waren. De ruimte was met grote decorstukken uit van het repertoire afgevoerde opera's, afkomstig uit de opslag van het volkstheater, bij wijze van enorme kamerschermen in compartimenten verdeeld, waar de studenten in groepen van zo'n twintig jongens en meisjes leefden, kookten, en, zoals gezegd, over de toekomst van een vrije kunst discussieerden. Iedereen was het erover eens dat zij zich al jaren in een creatief gezien doodlopende steeg bevonden. Alles moest anders.

Maar toen hun land verdween, wisten zij zich in het begin geen raad met die plotselinge vrijheid. Veel studenten bleven op de oude vertrouwde manier doorwerken aan landschappen met oogstende boeren, bleven films over fabrieksarbeiders en sportmanifestaties maken, pathetische orkestwerken met enorme koren componeren waarin de solidariteit van het wereldproletariaat bezongen werd, toneelvoorstellingen opvoeren waarin arbeiders de bourgeoisie verjoegen, of op klassieke leest geschoeide balletten.

Op de filmafdeling hield de levering van filmmateriaal plotseling op, zodat Jochem zich genoodzaakt zag zich met fotografie te gaan bezighouden. Petra bladerde rusteloos door kunstboeken en kon niet beslissen welke kant ze op wilde met haar kunst: de strakke geometrie van Malevitsj en Mondriaan of het abstract expressionisme van Willem de Kooning en Franz Kline. Pas toen Alex Varov, een uit de Sovjet-Unie afkomstige kunstenaar, docent aan de academie werd, veranderde dat. De corpulente Rus, gekleed in te krappe T-shirts en te wijde broeken, lopend op sandalen, hield een serie colleges die hun de ogen opende. De titel van de serie was: 'Tegen de verdwijning van ons leven'. Varov, zelf afkomstig uit een steeds verder afbrokkelend imperium, waarschuwde voor het vacuüm dat volgens hem zou ontstaan als de burgerij gehoor gaf aan de officiële oproep tot totale amnesie met betrekking tot het recente verleden. De politiek van het Buurland was er volgens hem op gericht de burgers van het Thuisland zo snel mogelijk hun verleden te doen vergeten. Dat verleden mocht dan armetierig, leugenachtig, gewelddadig en vol onderdrukking zijn (het viel niet te ontkennen dat het hele land dertig jaar lang één grote openluchtgevangenis was geweest), toch mocht die constatering er niet toe leiden dat het verloren zou gaan. Het was tenslotte jullie leven, hield hij zijn studenten voor. Varov pleitte daarom voor een Museum van het Dagelijks Leven en riep de studenten op om de verdwijning van het verleden, zoals zich die in de stad K. nu dagelijks voltrok, vast te leggen in elk daartoe geëigend medium. Leg de lege sokkels waarop de beelden van de voormalige leider hebben gestaan vast, schilder de pakken havermout, de surrogaatkoffie, de spaanplaten meubels, de oerlelijke bakelieten radio's of verzamel ze, red ze van de vuilnisbelt van de geschiedenis. Schrijf er je verhalen bij, de herinneringen die al die objecten nu nog bij je oproepen. Ga naar de plekken in de stad waar huizen en gebouwen van de partij worden gesloopt en leg ze vast voor ze verdwenen zijn.

Sommige studenten beweerden dat dit neerkwam op een idealisering van het verdwenen regime. Moest er geen schoon schip worden gemaakt, een punt worden gezet achter die vreselijke tijd?

Varov woelde door zijn donkere krullen en schudde zijn hoofd. Dat is nu precies wat de ideologen altijd proberen, schoon schip maken met het verleden van hun burgers, de structuur van de bestaande maatschappij vernietigen om er hun eigen leugenachtige toekomstvisie voor in de plaats te stellen. Geschiedenis bestaat uit een continuüm. Niemand kan op een nulpunt beginnen. Alleen historische kennis kan ons vooruit helpen en voorkomen dat we in de toekomst dezelfde fouten maken. Ze moesten die vernietiging van hun verleden een halt toeroepen.

Varovs enthousiasme werkte aanstekelijk. De studenten trokken de stad in en legden de sporen uit het verleden vast in schilderijen, tekeningen, foto's, collages, verzamelden typische gezegdes, folders, oude kranten. Ze stroopten de vuilnisbelten af op zoek naar weggegooide huishoudelijke apparaten, legden de typische grappen uit de voorbije periode vast en kochten op markten voor een habbekrats grammofoonplaten met de populaire en nu zo gehate muziek uit die voorbije tijd. Met al die spullen vulden zij de ruimten tussen de oude decorstukken van volksopera's en -operettes met hun witte zwanen in helblauwe vijvers, in brand geschoten kastelen, slagvelden waarop een soldaat de landsvlag trots omhooghield te midden van zijn gesneuvelde kameraden, middeleeuwse burchten en zeegezichten vol kanonneerboten onder een bloedrood ondergaande zon. En tussen die chaos van aangesleepte spullen liep Alex Varov rond en gaf aanwijzingen hoe alles gerangschikt moest worden tot een Museum van het Dagelijks Leven.

[Maar laat ik na deze blik in het recente verleden terugkeren naar het moment waarop Krap, nog steeds druk gebarend, en Kowalski het volkspark achter zich laten. Als ik hen heb ingehaald hoor ik Krap zeggen:]

'...vrijheid, gelijkheid, broederschap. Vrijheid en broederschap, tot uw dienst Kowalski, maar gelijkheid? Zien wij er als gelijken uit?'

'Op het eerste gezicht zou ik zeggen: nee, maar we moeten er wel naar streven. U bent liftinspecteur, ik was maar een eenvoudig radertje in het landelijke distributienet van toiletpapier LDT. Grote inkomensverschillen leiden tot...'

Krap liet de magere man in de lange bruine plastic regenjas, die bij iedere stap kraakte en knisperde, niet uitspreken.

'Meer concurrentie, een hiërarchie die de verschillen in talent en toewijding benadrukt. Daar is niets mis mee.'

Kowalski keek Krap van opzij aan. Had hij misschien toch te maken met een aanhanger van het wereldkapitalisme? Ondanks het indrukwekkende postuur van Krap besloot Kowalski hem van repliek te dienen.

'Eigendom is diefstal,' zei hij plompverloren. Dat had hij eens ergens gelezen of opgevangen.

'Hiërarchie is een eerste vereiste in een nieuwe maatschappelijke orde. Maar dan een andere dan de huidige. Eenieder moet in volledige vrijheid zijn talenten kunnen ontplooien. Aan de basis ligt een gegarandeerd inkomen en in ruil daarvoor de plicht om zich voor de gemeenschap in te zetten.'

'Ja, dat zou mooi zijn,' beaamde Kowalski, opnieuw onder de indruk van Kraps betoog.

Ze liepen door een buurt met massieve woonblokken. Zo nu en dan werd de huizenwand onderbroken door een grote poort die naar een binnentuin tussen de naast elkaar gelegen woonblokken leidde. Over een smal betegeld voetpad met aan weerszijden grasveldjes kon je zo in de achterliggende straat komen. Kowalski liep een van de poorten door. Krap keek omhoog naar de grauwe betonnen balkons, die vol wasgoed hingen. Het was windstil en hij verlangde juist naar wind, naar een pittige herfststorm die het heftig protesterende wasgoed om de waslijnen zou wikkelen. In een hoek van de binnentuin waren jongetjes aan het voetballen. Hij kwam naast Kowalski lopen en wees op de spelende kinderen.

'Ziet u dat,' zei hij. 'Wie de bal heeft is de baas. Zonder bal maak je geen doelpunt.'

'Nogal wiedes,' zei Kowalski, 'maar ik begrijp niet wat dat te maken heeft met ons gesprek van zo-even.'

'Die ene, dat jochie met dat rode haar, heeft meer talent dan de anderen. Zie ik meteen. Dat moet beloond worden. Maar dan zo dat de anderen dat surplus aan talent accepteren. Voetbal is een teamsport. Met talent alleen kom je er niet. Je moet ook kunnen samenspelen, de minder talentvollen motiveren door ze in het spel te betrekken.'

'Voetbal is voetbal,' zei Kowalski. 'Ik heb het over de manier waarop de maatschappij moet worden ingericht. In het socialisme werkt iedereen samen. Zo werd het ons tenminste altijd voorgeschoteld.'

'Is dat uw indruk van de afgelopen jaren?'

'Ik heb het over hoe het zou moeten.'

'Ik ook,' zei Krap.

'Dan verschillen wij toch van mening,' zei Kowalski en hij keek Krap triomfantelijk aan omdat hij zo vermetel was geweest een ander tegen te spreken, iets dat hij lang niet meer had gedaan.

'Toch niet,' zei Krap en hij lachte geheimzinnig. 'Ik heb

over deze materie lang en diep nagedacht. Hoe de mensheid te verheffen.'

'Dat lijkt me logisch voor iemand die liftinspecteur is,' zei Kowalski.

'Dat bedoel ik niet,' zei Krap. 'Zeg, waar gaan we eigenlijk heen?'

Kowalski bleef van schrik staan. Automatisch was hij de weg naar huis ingeslagen. 'Ik woon hier vlakbij,' zei hij gehaast. 'Als u soms iets bij mij wilt komen drinken?'

Krap keek op zijn horloge. 'Ik heb vandaag een vrije dag,' zei hij. 'Graag dus.'

Voor nummer 24 in de Frederikstraat bleef Kowalski staan.

'Hier woon ik,' zei hij. Naast de verveloze deur die toegang tot het flatgebouw gaf stond een invalidenkarretje. In het trappenhuis rook het naar zuurkool.

'Helaas geen lift,' zei Kowalski en hij hijgde een beetje.

'Goed voor de conditie,' zei Krap. Ook hij leek wat kortademig.

Kowalski diepte een sleutel uit zijn regenjas op en maakte de deur open. Op het bovenportaal blafte een hond. Kowalski hield de deur voor Krap open. Vanuit zijn ooghoek zag hij dat hij zijn eenpersoonsbed vergeten was op te maken. Krap stapte naar binnen en keek de kamer rond.

'Knus,' zei hij. 'Gezellig voor een man alleen.' Hij wees op de rijen begonia's langs de plinten. 'Een ware binnentuin.'

'Pure liefhebberij,' zei Kowalski. Op de tafel voor het raam lag een stapeltje kranten naast een houten voorwerpje. Krap tilde het voorzichtig op.

'O, dat is niets,' haastte Kowalski zich te zeggen, 'een prutsdingetje, soort van uitvindinkje. Heeft allemaal geen nut meer nu.'

'Uitvinding,' zei Krap en hij trok zijn zware wenkbrauwen op terwijl hij een houten staafje dat boven op het plankje gemonteerd zat naar links scharnierend optilde.

'Gaat u toch eerst zitten,' zei Kowalski.

Hij liep naar een keukenkastje onder de aanrecht en haalde twee donkerbruine halveliterflessen bier tevoorschijn. Hij zette de flessen en twee glazen op tafel. Krap hield het plankje nog steeds in zijn hand.

'Waar dient het toe,' vroeg hij.

'Ik zei toch al. Het is niets bijzonders. Als u het per se weten wilt: een nieuw model toiletpapierhouder.'

Kowalski reikte over het tafelblad en nam het plankje met het opstaande stokje in zijn hand.

'Bij de oude houders moet je eerst het losse staafje uit de houder tillen. Dan moet je er de nieuwe rol omheen schuiven en het staafje met de rol weer op zijn plaats terugbrengen. Daarbij glijdt de rol vaak van het staafje op de grond. Dit staafje til je eenvoudig op en je laat de rol eroverheen zakken.'

'Vernuftig,' was Kraps commentaar.

'Ik ben er te laat mee,' zei Kowalski.

'Toch vernuftig,' zei Krap. 'Ik houd van mensen met ideeën, van uitvinders, van lui die zelfstandig kunnen denken.'

'Het was maar een kleine verbetering,' zei Kowalski bescheiden. 'Minimaal eigenlijk.'

'Maar een beslissende,' zei Krap. 'Met kleine stapjes voorwaarts. Als het niet anders kan.'

Ze dronken zwijgend hun bier.

'U bent niet getrouwd,' stelde Krap vast.

Kowalski schudde zijn hoofd. 'Ik ben altijd vrijgezel gebleven.'

'Misschien wel zo verstandig,' zei Krap. 'Het huwelijk is ook niet alles. Wat zeg ik: het is een vloek voor de maatschappij, de grootste hinderpaal op weg naar een werkelijk vrije gemeenschap. Want wat doen mannen het liefst, Kowalski, nou?'

Kowalski aarzelde. 'De meeste hebben naast hun werk wel een of andere hobby.'

'Ik bedoel hobby nummer één.' Krap zweeg even en fluisterde toen met getuite mond: 'Neuken.'

Kowalski lachte met samengeknepen lippen. 'Daar ben ik te oud voor,' zei hij.

Krap schoof het houten blokje opzij. 'Ik wed, als ik u meeneem naar Hotel Victoria...'

'Ja, daar heb ik wel eens van gehoord,' zei Kowalski blozend. 'Dat de hoge heren, ik bedoel dat het daar een bordeel zou zijn of zo.'

'U had het er net over dat eigendom diefstal zou zijn. Nou, het huwelijk is ook een vorm van diefstal. Diefstal van de ware liefde, van hartstochtelijke zaaduitstortingen, van duizenden gefnuikte orgasmen. Na een jaar van verliefdheid is het nieuws eraf en begint een man naar andere vrouwen te verlangen. Overal om je heen in de natuur zie je hetzelfde: mannetjes die zoveel mogelijk vrouwtjes proberen te bevruchten. Ook bij vogels, reptielen, insecten, de hele mikmak. Een gigantische overproductie aan embryo's en eieren. Iedere man wil hetzelfde, maar het huwelijk staat hem daarbij in de weg.'

Kowalski voelde zich bij dit onderwerp niet helemaal op zijn gemak. 'Ik heb er nooit zo over nagedacht,' zei hij daarom verontschuldigend.

Krap lachte en sloeg licht met zijn grote vuist op tafel zodat Kowalski's uitvinding op de grond viel.

'U zult nu wel denken dat u te maken heeft met de een of andere schuinsmarcheerder. Maar niets is minder waar. Mijn idee over maatschappelijke vrijheid behelst heel wat meer dan alleen de liefde.'

Het bier was op. Krap keek op zijn horloge en stond toen op. Hij haalde een balpen uit de binnenzak van zijn windjack en schreef iets op de rand van een van de kranten op tafel.

'Hier heeft u mijn adres en telefoonnummer,' zei hij. 'Daar ben ik iedere dag te vinden. U bent een verstandig man, u denkt na over het socialisme en u bent een uitvinder. Met zulke mensen kan ik verder.' Hij bukte zich, raapte Kowalski's uitvinding op en legde hem terug op tafel.

'Waarom viel dit ding op de grond?'

'Omdat u zonet met uw vuist op tafel sloeg,' zei Kowalski.

Krap schudde zijn hoofd. 'Door de wet van de zwaartekracht,' zei hij. 'Newton. Een groot geleerde. Maar wat hij en anderen na hem over het hoofd hebben gezien, willens en wetens als je het mij vraagt, was de wederzijdse aantrekkingskracht, die minstens zo belangrijk voor een samenleving is. Weg met iedere vorm van dwang. Wat we nodig hebben is wederkerige passie. Geen van bovenaf opgelegde regels, maar ongebreidelde keuzevrijheid voor iedereen. Geen maatschappelijke moraal, maar een vitalistische visie.'

Kowalski kon hem niet volgen, maar was te moe Krap om nadere toelichting te vragen.

'Kom gauw eens langs,' zei Krap. 'Dan zal ik het u allemaal piekfijn uitleggen.'

Toen Krap de deur uit was las Kowalski het adres dat Krap op de krant had geschreven. Het was het adres van het Liftenmuseum, ergens in een oostelijke buitenwijk van de stad.

Fluitend liep Krap naar huis. Die Kowalski was een man naar zijn hart. Zijn uitvinding van een nieuw soort closetrolhouder, hoe bescheiden in zijn soort misschien ook, getuigde daarvan. Het ging er in het leven om vanzelfsprekendheden van hun vanzelfsprekendheid te ontdoen, een probleem niet recht van voren maar van opzij aan te pakken. Het was in wezen wat hij zelf deed met het ontwikkelen van een nieuwe vorm van socialisme. De periode vlak na het verdwijnen van het Thuisland had bewezen dat mensen met complete vrijheid geen raad wisten en vervielen tot anarchistisch, vernielzuchtig en dus onproductief gedrag. Het botvieren van hun lusten en begeertes moest in banen worden geleid, binnen een nieuw kader geplaatst. Niet door verboden, maar door hun natuurlijke levenslust en verlangens op te wekken en om te buigen ten dienste van een algemeen belang. Gebeurde dat niet, dan ontstond er een maatschappij (je hoefde alleen maar naar het Buurland te kijken) die opnieuw tot barbarij zou vervallen en waarin de mensen tegen elkaar op zouden staan in een genadeloze strijd van allen tegen allen. De klassen zouden steeds verder uit elkaar groeien en het zou alleen maar wachten zijn op het moment dat er een burgeroorlog uitbrak. Het centrale gezag faalde daarbij jammerlijk omdat de samenleving te complex was geworden om vanuit één punt bestuurd te worden. Daarom was het zaak terug te keren tot de kleine leefgemeenschappen uit het agrarische verleden. Hij zou het Kowalski bij gelegenheid tot in de puntjes uitleggen. Hij was ervan overtuigd dat die het volstrekt met hem eens zou zijn. Krap zag de rol van Kowalski bij het vormgeven van zijn ideeën als die van een soort secretaris. Zoiets als Eckermann voor Goethe was geweest. Hij had een gespreksgenoot nodig, zoals een bokser een sparringpartner.

Thuisgekomen vond hij een brief van Toby op de deurmat. Spreeuw had een handschrift dat bij haar bijnaam paste. De letters leken alle kanten op te vliegen. Met zijn zakmes sneed hij de envelop open, vouwde de velletjes op tafel uit en begon te lezen.

Beste Krap,

Allereerst wil ik even terugkomen op de vraag die je me laatst door de telefoon stelde. Ik denk er niet over ooit nog naar huis terug te keren. Amsterdam is een heerlijke stad waar ik me volkomen op mijn gemak voel. Het reisbureau van Johan begint te lopen en ik help hem als assistente. Niet alleen op kantoor, ik maak ook verkenningsreizen naar Turkije, Marokko, Algiers, Griekenland en de Canarische Eilanden om met hotels en de eigenaars van appartementencomplexen afspraken te maken voor onze komende aanbiedingen. Mijn talenkennis komt daarbij goed van pas. Reizen is voor Nederlanders een vanzelfsprekendheid. Minstens twee keer per jaar gaan ze op vakantie. We zijn nu bezig ons op wintervakanties te richten en binnenkort reis ik daarvoor naar Oostenrijk, Zwitserland en Noord-Italië.

In de krant lees ik zo nu en dan artikelen over de toestand bij jul-

lie. De beslissing van het Buurland om jullie te annexeren lijkt me louter ingegeven door politieke motieven. Ik vrees dat het Buurland van jullie land een wingewest wil maken en dat jullie van de regen in de drup zullen belanden. Daar zit je nu met al je mooie ideeën over socialisme. Als ik jou daarover hoorde praten leek het wel alsof je een mens als een machine beschouwde, totaal bestuurbaar. Misschien komt dat door je fascinatie voor liften, voor alles wat mechanisch is. Maar, beste Krap, een mens is geen machine. Hoogstens een gebruiksaanwijzing bij een onvoorstelbaar gecompliceerde machine. (Zoals bij de meeste gebruiksaanwijzingen valt er trouwens geen touw aan vast te knopen.) Het socialisme heeft ons tot bange wezels gemaakt, Krap. Nu ik hier een paar jaar woon besef ik dat meer dan ooit. Werkelijke vrijheid betekent dat je de volle verantwoordelijkheid voor je eigen leven neemt. Wij hebben vroeger niets anders geleerd dan dat de staat ons bij voorbaat van iedere verantwoordelijkheid ontsloeg. Zo zijn wij kinderen gebleven, hunkerend naar beschermende ouders. Kinderen, of robots (jij je zin).

Je bent dus van liftinspecteur suppoost van het Liftenmuseum geworden. Moet ik dat als een promotie zien? In ieder geval ben je nu op je plek: de lift als middelpunt van de wereld. Ik weet ondertussen dat er in de wereld meer te koop is.

Aan onze eerste jaren samen denk ik nog altijd met een mengsel van vertedering en weemoed terug. Wat waren we toen jong en hoe weinig begrepen we van het leven. Nu jullie ook vrij mogen reizen zou je een keer naar Amsterdam moeten komen. Je zou je ogen uitkijken en niet alleen vanwege de liften.

Veel groeten, ook van Johan
Toby

Krap schoof de brief van zich af. Zijn gezicht vertoonde een gepijnigde uitdrukking. Hij dacht aan de twee zalen van het Liftenmuseum op de zolder van de nu verlaten Zelpass-fabriek. Dagenlang zat hij daar, het ene plastic bekertje koffie na het andere drinkend, zonder dat er iemand kwam. Voor Toby had het verleden afgedaan. Ze had hem ingeruild voor ene Johan. Springerig en lichtzinnig had hij haar altijd gevonden, maar dat het zo ver zou komen dat zij er op een dag vandoor zou gaan had hij niet verwacht. Er verdwenen in die tijd steeds meer mensen. Naar de politie kon je niet, dan werd je zelf meteen ingerekend. En dus wachtte hij maar af, tot hij ten slotte een maand later een brief kreeg, een brief die slordig was opengemaakt en weer dichtgeplakt. Ze namen toen zelfs niet meer de moeite om hun gesnuffel te verbergen. Er vluchtten eenvoudigweg te veel mensen. Maar dat de mens een machine zou zijn, dat had hij nooit beweerd. Wel dat hij structuur nodig had, enigerlei vorm van leiding. Zonder dat dobberde hij maar zo'n beetje rond naar waar het lot hem bracht. Dat had niets met angst te maken, maar alles met richtinggevoel. En weer zag hij zichzelf in het Liftenmuseum zitten, omringd door de parafernalia van zijn vroegere leven. Zuchtend stond hij van tafel op. Even overwoog hij om naar Hotel Victoria te gaan. Toen herinnerde hij zich wat Willy tegen hem gezegd had. Ze had gelijk. Spreeuw had hem laten zitten. Hij voelde zich een beledigd haantje. Hij schudde een paar keer zijn hoofd, streek zich door zijn donkere haar en liep naar de keuken om het kliekje zuurkool van gisteren op te warmen. Hij zette het pannetje voor zich op tafel en begon het lusteloos leeg te lepelen. Aan de muur tegenover hem hingen een opengewerkte te-

33

kening van een lift en daarnaast zijn diploma van liftinspecteur vol stempels en handtekeningen. Alles leek hem opeens even armoedig en waardeloos, ook deze twee kamers met slaapkamer en keuken waaraan alle vrolijkheid ontbrak, de vrolijkheid van Spreeuw. Hij miste haar.

Nadat hij al zijn begonia's begoten had pakte Kowalski een pak met vier rollen wc-papier uit het kastje onder het aanrecht. Loretz-toiletpapier. Niet van de beste kwaliteit maar tot voor kort de enige soort. Geld voor een ander cadeautje voor Krap had hij niet. Een paar dagen geleden was hij naar de supermarkt in de buurt geweest en had het nieuwe toiletpapier uit het Buurland bestudeerd, uitvoerig betast. Drie keer zo duur als Loretz-papier, dat nergens meer in de schappen te bekennen viel. Zoals alles was het drie, vier keer zo duur geworden. De stellages in de supermarkt, vroeger een toonbeeld van rust voor de ogen, waarin de ene kleur pas na een paar meter gemoedelijk overging in een andere, waren veranderd in een uitstalling van elkaar overschreeuwende bonte kleuren. Van ieder product waren er nu minstens tien soorten. Niet alleen van toiletpapier, maar ook van tandpasta, rijst, koffie en thee. De mensen liepen er met hun plastic boodschappenmandjes langs zonder iets te pakken. De overgang van de piaster naar de kroon van het Buurland had iedereen in één klap tot de bedelstaf gebracht. De uitkering die hij van de organisatie Vrijhand kreeg was nauwelijks genoeg om van rond te komen.

Kowalski moest toegeven dat het toiletpapier uit het Buurland er beter uitzag. Op de plastic verpakking stond dat het uit twee lagen bestond. Er was zelfs wc-papier met vier lagen en bedrukt met roze roosjes. Zelf veegde hij zijn kont nog steeds met Loretz-papier af, waarvan hij nog tientallen pakken in huis had. Iedereen bij Loretz nam geregeld van die pakken mee. Het voelde niet aan als stelen. Het papier was staatseigendom en dat was toch iets anders dan particulier. Eigendom is diefstal. Nu was hij blij dat hij die rollen mee had gepikt. Als ze op waren zou hij zijn kont voortaan weer met oude kranten moeten afvegen. De vrije pers had tot de ondergang van de afdeling toiletpapier van Loretz geleid. Het kon vreemd lopen in de wereld.

In de Geigerstraat nam hij lijn 33 naar het oosten van de stad. Op een kaart had hij de vorige avond gekeken waar het Liftenmuseum precies lag. Vanaf het eindpunt was het nog zo'n tien minuten lopen. De blauwe tram knarste en piepte in de bochten. Schuin boven hem was het dak doorgeroest en zag je een deel van de trambeugel op en neer tegen de bovenleiding veren.

Na dat eerste gesprek in het volkspark had Kowalski het gevoel dat hij in Krap een geestverwant had ontmoet, een gelijkgestemde die net als hij het socialisme van de ondergang wilde redden. Misschien waren ze het op onderdelen oneens, maar in grote lijnen streefden ze hetzelfde na: een opnieuw in te richten en rechtvaardiger maatschappij. Het oude regime had het socialisme misbruikt om zich te verrijken, maar dat betekende nog niet dat het idee, de grootse ideologie, verloren was. De mens kan niet zonder dromen, dacht Kowalski tevreden naar buiten starend. Op het trottoir aan de overkant zat een man geknield een losgeraakte schoenveter te strikken.

In het oostelijke deel van de stad woonden veel buitenlanders. Kowalski kwam er nooit en verbaasde zich dan ook toen hij was uitgestapt over de vele gekleurde mensen op straat, de vreemde kleding en hoofddeksels, de winkeltjes waarvoor vrouwen op pantoffels met elkaar stonden te praten.

De Brendelstraat liep schuin omhoog. De huizen zagen er verwaarloosd en verveloos uit. Onder het oude regime woonde bijna iedereen praktisch voor niets. Dat had tot gevolg dat er tien jaar lang nauwelijks onderhoud aan de huizen was gepleegd. Vensterbanken waren in de hoeken verrot, regenpijpen hingen los van de muur, de arduinen stoepen zaten vol scheuren. Halverwege de straat lag aan de linkerkant een fabrieksterrein. Het hek stond open. Op het dak van de fabriekshal stond de firmanaam Zelpass met groene letters in een ijzeren frame. De laatste s was schuin naar beneden half uit het frame gezakt. Kowalski liep het terrein op. Er groeide gras tussen de betonnen platen waarmee het was geplaveid. Tegen een lage muur stonden drie vuilnisbakken met een grote slordig geschilderde Z op het deksel. Een brede korte trap leidde naar een deur die op slot zat. Hij drukte op de bel ernaast. Nergens een bordje dat vermeldde dat hier het Liftenmuseum was gevestigd. Na een paar minuten belde hij nog eens. Krap zou er toch wel zijn? Met de plastic tas met toiletrollen in zijn hand ging hij het trapje weer af en keek omhoog naar de rij vuile getraliede ramen van de fabriekshal. Toen ging de deur open.

Krap droeg een mosgroen kostuum. Op de revers van zijn colbert zat een in een plastic hoesje gevat naamkaartje gespeld: 'Krap – Liftenmuseum Zelpass' stond erop, in kleine zwarte letters.

'O, ben jij het,' zei Krap. Er klonk een lichte teleurstelling in zijn stem door, alsof hij een echte bezoeker aan zijn museum had verwacht. Hij liet Kowalski binnen en wees op de plastic tas.

'Boodschappen gedaan?'

'Nee, voor jou,' zei Kowalski en hij drukte hem de tas met de toiletrollen in de hand.

Krap keek erin.

'Pleepapier.'

'Origineel Loretz-toiletpapier.'

'Voor een altijd rooie kont,' zei Krap.

'Het is stevig papier,' gaf Kowalski toe. 'Maar je drukt er tenminste niet met je vingers doorheen, zoals met dat nieuwe toiletpapier. Niet alle zegeningen uit het Buurland betekenen ook verbeteringen.'

Ze liepen door een gang. Aan weerskanten stonden deuren open. De kantoorruimtes waren leeg op een paar afgetrapte bureaus vol opgestapelde stoelen na. Aan de plafondlijsten schommelden dikke stofdraden.

Krap ging hem voor.

'Hier waren dus de kantoren en hier' – hij deed een deur achter in de gang open – 'was de eigenlijke fabriek.'

Op de betonnen vloer lagen een paar zware machineonderdelen. Vanuit de ijzeren stutbalken die in de breedte het dak van de hal droegen hingen dikke staalkabels naar beneden. Op de vloer flonkerde ijzervijlsel. Door de rij smalle getraliede ramen hoog in de muur viel mat licht. Krap liep naar twee draaibanken tegen een zijmuur. Hij bleef staan en steunde met één hand op een van de draaibanken.

'Vroeger werkten hier de beste machinebankwerkers. De

liftonderdelen werden hier gemonteerd en afgesteld. Een lift is een ingewikkelde constructie. Alles moet feilloos in elkaar passen.'

Kowalski keek om zich heen. Er heerste een drukkende stilte in de hal. De stem van Krap klonk hol toen hij zei: 'Alles is door Grijphand weggehaald. Verouderd materiaal, zeiden ze. Niet meer waard dan de prijs van oud ijzer.'

Aan het eind van de hal deed Krap een deur open. Ze stonden voor een goederenlift.

'Een oudje,' zei Krap. 'Nog van voor de oorlog.'

Kowalski stapte de lift in, Krap drukte op de bovenste knop in het met vetvlekken besmeurde liftpaneel.

'Het museum is op zolder.'

De lift begon te zoemen, trilde eerst lichtjes en ging toen schokkend naar boven.

Kowalski voelde zijn hart kloppen.

'Komen er veel bezoekers,' vroeg hij.

'Sinds de fabriek dicht is niet één meer.'

'En toch zit jij hier?'

'Dinsdag, woensdag en donderdag. Daar word ik voor betaald. 's Middags om vijf uur gaat het museum dicht en sluit ik het gebouw af.'

'Er hangt anders geen bordje aan de deur,' zei Kowalski. 'Mensen weten je museum zo niet te vinden.'

De lift kwam met een schok tot stilstand, de deur schoof langzaam open.

'Dat hoeft ook niet,' zei Krap, die ook zo zijn trots had.

Ze stonden op de zolder van het fabrieksgebouw. Door de schuine dakramen viel zonlicht naar binnen. Ze keken er allebei naar. In de twee vertrekken waren liftonderdelen op bruin geschilderde houten podia opgesteld. Langs de muren stonden vitrines. In een hoek hing een oude liftcabine met een kunstig bewerkt gietijzeren schuifhek aan twee zwarte kabels tot halverwege het plafond, alsof hij op het punt stond door het dak te breken en ten hemel te stijgen.

'Kom maar mee naar de voorste zaal. Daar begint de tentoonstelling,' zei Krap.

'Hé,' zei Kowalski, 'die plaat herken ik. Dat is de Toren van Babel, een schilderij van Pieter Breughel.'

'Doe ik de rondleiding, of weet je het allemaal al?'

'Neem me niet kwalijk,' zei Kowalski. 'Ik herken hem van de Esperantistenclub.'

'Esperantistenclub?'

'Ja,' zei Kowalski. 'Vroeger was ik lid van een Esperantistenclub. Op het werkboek stond dat schilderij afgebeeld.'

'Waarom in godsnaam?'

Nu kon Kowalski iets vertellen dat Krap niet wist. 'Het Esperanto is bedacht door Lejzer Zamenhof, een Joodse oogarts. Hij vond dat al die verschillende talen die er op de wereld worden gesproken alleen maar tot conflicten en oorlogen hadden geleid omdat de mensen elkaar niet konden verstaan. Dat zou allemaal veranderen als iedereen dezelfde taal sprak.'

'Is Engels dan niet goed genoeg,' vroeg Krap. 'Iedereen leert toch Engels tegenwoordig?'

'Het blijft een aangeleerde taal. Je leert het nooit spreken zoals een Engelsman. Zamenhof wilde een taal die iedereen op dezelfde manier tot in de perfectie zou leren beheersen, tot in alle nuances, zodat ieder misverstand zou worden uitgesloten.'

'En,' zei Krap, 'spreek jij Esperanto?'

Kowalski schudde zijn hoofd. 'De vereniging werd verboden. Het spreken van Esperanto werd beschouwd als een staatsondermijnende activiteit.'

Krap en Kowalski stonden voor de reproductie van Breughels schilderij.

'Knap geschilderd,' zei Kowalski, 'maar waarom hangt het hier?'

Krap deed een stap naar voren en wees op een plek rechts in de afbeelding.

'Zie je die houten hijsstelling met die twee katrollen boven de hijsbalk? Dat is het prototype van de lift, die regelrecht voortkomt uit een hijsstelling zoals die al in 400 voor Christus bij het bouwen gebruikt werd.'

Kowalski begreep dat de rondleiding begonnen was.

'Eigenlijk is er sinds die tijd aan het principe niets veranderd,' zei Krap en hij wees nogmaals op de reproductie. 'Eén of meer touwen over een katrol. Aan de ene kant wat gehesen moet worden, aan de andere kant de hijsers: mensen, ezels, paarden, later stoommachines en nog later elektrische motoren. En daartussen de zwaartekracht. De hand van Newton.

Het hijsprincipe is dus zo oud als de mensheid. Zo gauw men ging bouwen ontdekte men de wet van gewicht en tegengewicht, net als de gewichten op een weegschaal, maar dan verticaal. Er gebeurden vaak ongelukken als die twee niet met elkaar in balans waren. Paarden of mensen die spartelend aan een touw de lucht in werden geslingerd, arbeiders die verpletterd werden onder een lading stenen omdat er onvoldoende tegenkracht werd gegeven. In de negentiende eeuw kwam er stoomkracht, later kreeg je turbines en nog later elektromotoren. Maar het veiligheidsprobleem bleef bij de eerste liften bestaan. Die konden alleen maar van beneden naar boven en terug. De verdiepingkiezer, met behulp van een stroomonderbreker, werd pas in het midden van de negentiende eeuw door een Nederlander ontwikkeld. Het belangrijkste bleef intussen de veiligheid. Ik zag straks jouw angstige gezicht toen we in die goederenlift stapten.'

Kowalski moest toegeven dat hij zich een ogenblik opgesloten had gevoeld.

Krap knikte. 'Zo voelen de meeste mensen zich. Je zweeft in een soort doodskist in een diepe schacht. Ieder moment kunnen de kabels breken.'

'Nee toch,' zei Kowalski.

'Het gebeurde niet vaak, maar het gebeurde. Tot Elisha Graves Otis' – Krap wees op de reproductie van een gravure in een van de vitrines – 'een opvangsysteem voor de liftkooi ontwierp. Jammer genoeg kun je het essentiële van zijn uitvinding op deze gravure niet zien. Aan weerskanten van het open platform, de voorloper van de gesloten liftcabine, zitten veren die door de druk van de hijskabels tegen de wand van de cabine gedrukt blijven. Valt die druk weg, doordat de hijskabels breken, dan schieten die twee veren naar buiten en haken zich, als een soort klauwen, om die twee rijen tanden van de geleidingsrails aan weerskanten van de schacht vast. Op deze gravure zie je het moment waarop Otis de hijskabel heeft doorgekapt en de lift meteen tot stilstand komt. Het Otis vangmechanisme wordt nog steeds in alle liften toegepast.'

Kowalski knikte maar zo'n beetje. Hij had weinig verstand

van techniek. Hij had het altijd onaangenaam gevonden in een lift te stappen. Bij voorkeur nam hij de trap. Maar soms kon het niet anders.

'Heb je je wel eens gerealiseerd dat de lift aan de basis staat van alle hoogbouw in onze steden? Al die wolkenkrabbers hadden nooit gebouwd kunnen worden als er geen liften waren geweest.'

Kowalski dacht aan het bordje boven of naast liftdeuren: 'Bij brand geen gebruik maken van de lift'.

Krap wees op de in de lucht hangende ouderwetse lift met het fraai versierde lifthek.

'Dat is het pronkstuk van onze verzameling. Hij dateert uit 1870 en komt oorspronkelijk uit Barcelona.'

De in de lucht zwevende cabine deed Kowalski aan de biechtstoel denken in het Romaanse kerkje van zijn geboortedorp. De pastoor achter het tralieluikje rook doordringend naar uien.

Krap bleef staan en draaide zich naar Kowalski om.

'Wat doen mensen in liften?'

Kowalski haalde zijn schouders op. 'Niets,' zei hij. Hij dacht aan zijn eigen ervaringen, en zei toen: 'Naar je schoenpunten kijken. Of naar het plafond.'

'Je kijkt niemand aan. Correct? Daarom werden er algauw spiegels in liften gemonteerd. Ze gaven de indruk van ruimte en je kon elkaar bekijken zonder elkaar in werkelijkheid aan te kijken. Later kwam daar nog muziek bij. Alles om de mensen maar gerust te stellen, hen te doen vergeten dat ze aan een machine waren overgeleverd. De Amerikaanse ingenieur Portland ontdekte dat wanneer hij glazen liften aan de buitenkant van een kantoor- of hotelmuur monteerde, mensen gewoon doorpraatten als ze zo'n lift in stapten. Het claustrofobische gevoel opgesloten te zitten verdween meteen. Je ziet, er zit ook een stukje psychologie achter. Het is niet alleen maar mechanica. Tussen mensen en machines bestaan geheime verbanden. In machines herkennen wij iets dat ook ons lichaam kenmerkt: ordening van ongelijke onderdelen tot een sluitend systeem.'

Kowalski keek door een van de schuine dakvensters naar de voorbijzeilende wolken.

'En dat alles staat hier maar,' zei hij, om iets te zeggen.

'Het is geschiedenis,' zei Krap. 'En geschiedenis moet bewaard blijven.'

'Zelfs als er niemand meer naar omkijkt?'

'Juist dan.'

Nu het Thuisland verdwenen was en deel uitmaakte van het Buurland zag de hoofdstad K. er anders uit. Het parlementsgebouw lag er verlaten bij, de schildwachthokjes bleven onbemand en lagen vol lege blikjes. De burelen van de staatsveiligheidsdienst bleven donker en met die rijen zwarte ramen zagen ze er nog dreigender uit dan voorheen. Daarentegen brandde er in alle winkeletalages, ook na sluitingstijd, volop licht. Als je over de Boulevard van de Hoop wandelde kon je er zelfs de krant lezen. Over kranten gesproken. De krantenkiosken waren tot laat in de avond open. Mensen verdrongen zich voor de uitstalling met nieuwe kranten, die indirect tot het ontslag van Kowalski hadden geleid. Op de schragen van boekverkopers lagen niet langer de klassieke romans uit de negentiende eeuw die dankzij staatssteun voor iedereen betaalbaar waren, maar boekjes met kleurige omslagen op slecht papier gedrukt, met titels als *Zij koos het leven*, *Rozen in de woestijn*, *Het casino brandt* en *Gewelddadige liefde*. Kowalski bladerde een paar van die boekjes door. Ook hier weer papierverspilling ten koste van de productie van toiletpapier. De in bruine leren banden uitgegeven geschriften van de vroegere volksleider zag Kowalski ook nergens meer liggen. Waarom kwam niemand op het idee die enorme aantallen boeken door de papiermolen te halen om er daarna hoogwaardig toiletpapier van te maken dat zou kunnen concurreren met het zachte papier uit het Buurland? Kowalski lachte droevig. Naar hem werd niet langer geluisterd. Niet dat dat vroeger wel het geval was. Hij was niet meer dan een onderdeel geweest van een centraal distributiesysteem dat iedere provincie van het land maandelijks van zijn quotum aan toiletpapier voorzag. De mensen deden er zuinig mee. Niet omdat er iets schortte aan het distributiesysteem, maar omdat de regering waakte voor iedere vorm van verspilling. Ieder jaar opnieuw werd de totale productie voor het komende jaar van tevoren vastgesteld. Daar kon dan niet meer aan getornd worden. Nu straalden alle etalages de voorbijgangers met hun overdaad tegemoet. Achter het glas lagen artikelen waar op de televisie reclame voor werd gemaakt en die bijna niemand zich kon veroorloven. Zeker Kowalski niet.

Kowalski begoot de begonia's in zijn kamer en probeerde te begrijpen wat er mis was gegaan. De organisatie Vrijhand beweerde dat de productie veel te laag lag, dat het machinepark sterk verouderd was, dat de werkloosheid kunstmatig laag werd gehouden door iedere volwaardige baan in tweeën of zelfs in drieën op te delen, zodat de baan van straatveger opgesplitst werd in een straatveger voor de ochtend, één voor de middag en één voor de avond. Maar wat was het gevolg van deze nieuwe efficiëntie? De koffiehuizen zaten vol met ontevreden mannen die met ongelovige ogen in de nieuwe kranten lazen dat het leven beter was geworden. Het zakenkabinet dat nu het land leidde, bestond uit fabrieksdirecteuren en bedrijfsleiders die geen idee hadden van het leven van de gewone man. Kowalski had het gevoel dat de hele stad in een soort vacuüm was beland, dat hij in het luchtledige zweefde. Overal verrezen bouwsteigers en aan de gevels verschenen enorme billboards met reclames voor sportschoenen en dure merkkleding. Maar de mensen op straat liepen nog steeds in dezelfde sjofele kleren. Je liep in de stad rond als in een reclamespot en niets wilde werkelijk worden. Ja, dat was het: een nijpend gebrek aan werkelijkheid omringde Kowalski, schone schijn die hem aan alle kanten bedroog.

Kowalski zat aan zijn tafel voor het raam en dronk zijn halve liter bier uit de bekende bruine fles. Natuurlijk begreep hij het failliet van het systeem, dat op angst en repressie was gebaseerd. Iedere dag verschenen er artikelen in de nieuwe kranten die repten van de schandalige uitspattingen van de vroegere regeringskliek: hun landhuizen, hun banktegoeden, hun hoererij. Het systeem had gefaald door de afwezigheid van democratische controle. Maar dat kon toch verbeterd worden, de idealen van het socialisme hoefden daardoor toch niet opgegeven te worden? Alles was een kwestie van een verbeterde organisatie. Niet zoals de organisatie Vrijhand die voorstond, maar op basis van de oude waarden van vrijheid, gelijkheid en broederschap. Kowalski zag niet in dat hij zijn idealen moest opgeven en had in Krap een medestander gevonden. Soms ging de gedachtevlucht van de voormalige liftinspecteur hem wel eens te hoog, maar door Kowalski's nuchterheid zouden ze er samen wel uitkomen. Niets meer of minder dan de blauwdruk voor een vernieuwd socialisme stond hun voor ogen.

En nog steeds bleef het nazomers weer, alsof ook de zon de nieuwe vrijheid verwelkomde. De kranten spraken er in gloedvolle bewoordingen over, maar in de cafés en koffiehuizen van de stad kon je regelmatig het gemor van mensen horen die nu alweer terugverlangden naar de oude toestand, waarin zij zeker van hun bestaan waren geweest en een piaster nog een piaster was. Volgens de kranten hadden ze door de instelling van de democratie nu invloed op het beleid. Maar van woorden kon je niet eten.

Omdat het zulk mooi weer was hadden Krap en Kowalski in het volkspark afgesproken. En zo herhaalde zich de gebeurtenissen waarmee deze geschiedenis begon. Kowalski kwam via de Frederikstraat het park binnen, Krap via de Weilstraat. Ze ontmoetten elkaar op een van de bankjes rond de vijver. De tussenkomst van de hond Brutus om hen aan elkaar voor te stellen was niet langer nodig, ze kenden elkaar immers al. Wel waren ze verbaasd de hond met zijn baas Jochem aan te treffen. Ze knikten hem vriendelijk toe, maar de hond keurde hun nu geen blik waardig.

[Zoals ik aan het begin van dit verhaal niet meer had kunnen verstaan wat Krap, druk gebarend, tegen de kleine Kowalski beweerde toen ze het park uit liepen, zo viel ik nu opnieuw midden in zijn betoog. Terwijl zij op een van de bankjes zaten maakte Krap net een zin af:]

'...en dat is volstrekt logisch. Vroeger had je maar één fabriek die al het toiletpapier voor het land fabriceerde, Loretz. De vraag naar toiletpapier is vrijwel gelijk gebleven. Nu storten zich plotseling zeg tien fabrikanten op diezelfde markt. Ieder van hen verkoopt dus maar een tiende deel van de totale vraag. Om toch te kunnen bestaan moeten ze dus de prijs van het toiletpapier wel verhogen.'

Kowalski, die zijn regenjas thuis had gelaten, trok zijn wenkbrauwen op.

'Maar dat is toch tegen alle regels van de logica in?'

'Maar niet van het kapitalisme. Waar eerst maar één fabriek nodig was, staan er nu tien. Tien keer dezelfde machines. Pure verspilling. Daarom waren die landbouwcorporaties ook een goed idee. In plaats van dat elke boer zijn eigen voorraadschuren, zijn eigen veestallen, zijn eigen hooiopslag en zijn eigen landbouwmachines had, kon je in een corporatie alles in één hand houden. Centralisme is veel efficiënter dan de versplintering die door marktwerking ontstaat.'

'Maar waarom zijn die corporaties dan opgeheven,' vroeg Kowalski.

'Omdat ze ons wijsmaken dat marktwerking, onderlinge concurrentie, op den duur tot lagere prijzen voor de consument leiden.'

'Dat zou ik ook denken,' vond Kowalski.

'Wat ze vergeten erbij te vertellen is dat die fabrikanten algauw de koppen bij elkaar steken om geheime prijsafspraken te maken en zo de prijs van hun producten kunstmatig hoog te houden.'

Jochem had het gesprek op de bank naast de zijne gehoord.

'Neemt u mij niet kwalijk, meneer,' zei hij, 'maar kent u het lot van de Russische boeren onder Stalin? Hoe die juist door die kolchozen ten onder zijn gegaan?'

Krap lachte breed. Die vraag had hij verwacht. Niet van Kowalski, maar wel van de jonge student of kunstenaar of wat hij dan ook was, met zijn zwarte vette haar dat in slierten over de schouders van zijn vaalblauwe trui hing.

'Die collectivisatie is mislukt omdat de boeren niets in te brengen hadden bij de verkoop van hun producten. Geef je de boeren een eerlijk deel van de winst, maak je ze zo tot mede-eigenaar, dan lukt het wel.'

'U lijkt wel een oude socialist,' zei Jochem.

'Dat zijn wij ook,' zei Kowalski. 'Ondanks alles.'

'En wat bent u, als ik zo vrij mag zijn,' vroeg Krap.

'Wij zijn anarchist,' zei de jongeman. 'Wij tolereren geen enkel gezag.'

'En wie zijn "wij"?'

'Een groep kunstenaars van de academie. Wij hebben samen een woongroep in een oud pakhuis aan de haven.'

Jochem stond op en kwam naast hen zitten. De hond Brutus bleef roerloos op zijn plek liggen.

'Wij hebben het kapitalisme afgezworen. We delen nu alles samen. Daarom is niemand van ons in geld geïnteresseerd. We maken allemaal verschillend werk, maar de opbrengst ervan gaat in een gemeenschappelijke kas.'

Kowalski en Krap keken elkaar veelbetekenend aan.

'Maar dat is toch puur socialistisch,' zei Kowalski.

'Wij leggen alleen verantwoording aan elkaar af,' zei Jochem. 'Er staat geen enkele instantie boven ons. Wij noemen onszelf een vrijstaat.'

Krap ging verzitten en legde zijn handen op zijn bollende buik.

'Jullie zijn op de goede weg,' zei hij goedkeurend. Hij haalde zijn versleten portemonnee tevoorschijn, hield hem even omhoog en liet hem toen demonstratief op de grond vallen. Brutus stond op in de veronderstelling dat het om iets eetbaars ging, maar voordat hij bij de portemonnee was had Krap hem alweer opgeraapt.

'Wat is dit?'

'Een portemonnee,' zei Jochem en hij keek Krap aan alsof die hem in de maling nam.

'Newton,' zei Kowalski. 'De wet van de zwaartekracht.'

'Het is als een onzichtbare hand die alles terugdrukt op aarde,' zei Krap. 'Wat ik ontdekt heb is een andere kracht, net zo sterk: de wederzijdse aantrekkingskracht. Mensen worden aangetrokken door alles wat hun genot en genoegdoening schenkt.'

Krap sprak plotseling een beetje deftig, alsof hij een uit het hoofd geleerde tekst opzegde. Dat kon kloppen want hoe vaak had hij deze gedachten niet hardop uitgesproken in zijn lege huis.

Jochem knikte alleen maar, hij wachtte op het vervolg. Krap voelde dat hij nu pas goed loskwam.

'De wederzijdse aantrekkingskracht is een manifestatie van de universele wil die ik ontdekt heb door een nauwkeurige bestudering van de natuur.'

'En waar is die universele wil op uit? U wilt toch niet beweren dat die wil de wil van God is?'

Krap lachte misprijzend en Kowalski volgde zijn voorbeeld.

'Wie de natuur heeft bestudeerd, zoals ik dat heb gedaan, moet wel tot de conclusie komen dat het universum gebaseerd is op wetten. De wetenschap geeft mij hierin trouwens gelijk. Zelfs Einstein beweerde dat God niet dobbelt.'

'Ik wist niet dat Einstein in God geloofde,' zei Kowalski.

'Bij wijze van spreken dan,' zei Krap. 'Hij geloofde in één leidend principe waaruit alle andere wetten konden worden afgeleid. Daar was hij naar op zoek: een universeel principe dat alles zou verklaren.'

'En, heeft hij dat gevonden,' vroeg Kowalski, die weinig geleerd had en daardoor leergierig was.

'De wetenschap is tot nu toe niet veel verder gekomen dan een voorlopig ontwerp. Het wezen van het universele uurwerk heeft men nog niet ontdekt, juist omdat men de wet van de wederzijdse aantrekkingskracht willens en wetens buiten beschouwing laat.'

'Waarom willens en wetens,' wilde Jochem weten, die Krap een beetje een rare snijboon vond, maar het gesprek voorlopig wilde voortzetten.

'De politiek en de kerk,' zei Krap. 'Die hebben zich altijd verzet tegen het erkennen van die aantrekkingskracht, die in wezen een pendant is van Newtons wet van de zwaartekracht. De mens is uit op genot, rijkdom, het wellustig gebruik van al zijn zintuigen. De politiek en de kerk hebben die neiging van de mens tot zelfontplooiing altijd de kop ingedrukt. Ze hebben de mensen in het gareel van hun instituties en wetten gedwongen en ze zo hun vrijheid afgenomen.'

'Nu klinkt u weer als een anarchist,' zei Jochem met lichte verbazing.

'Noem het zoals je wilt,' zei Krap. 'In ieder geval hebben ze de mens wijsgemaakt dat hij moet werken in het zweet zijns aanschijns, zoals de Bijbel zegt, en dat de enig toegestane vorm van samenleving tussen man en vrouw die van het huwelijk is. Naar de behoefte van de mens om werk te doen dat hij plezierig vindt, om naar liefde te zoeken waar die maar te vinden is, werd doelbewust niet geluisterd. Dat heeft tot een maatschappij van geknechte mensen geleid, of het nu in een socialistisch of een kapitalistisch stelsel is.'

'Alles moet anders,' zei Kowalski met enige stemverheffing omdat hij vond dat hij nu al te lang zijn mond had gehouden.

'Precies,' viel Krap hem bij. 'Instituties kun je veranderen, de mens niet.'

Brutus was opgestaan en vlijde zich nu languit voor de bank neer, alsof hij ook deelgenoot van Kraps ideeën wilde worden gemaakt.

'Maar als u dat allemaal zo goed weet, hoe denkt u die nieuwe orde dan te realiseren? Wat denkt u bijvoorbeeld dat er met misdadigers moet gebeuren?'

Krap leunde achterover en sloeg zijn benen over elkaar. In de zool van zijn rechterschoen zat een rond gat.

'Neem nu een dief. Wat wil een dief het liefst: precies, iets stelen. In plaats van hem in de gevangenis te stoppen kun je ook werk voor hem vinden dat aansluit bij die neiging tot wegnemen. Je zou hem bijvoorbeeld kunnen opleiden tot verhuizer. Zo maakt hij zijn beroep van het wegnemen van spullen uit andermans huis zonder dat hij de maatschappij schade berokkent. Zo zou je moordenaars tewerk kunnen stellen in het abattoir. Als de mens eenmaal het werk heeft gevonden waar hij plezier in heeft en waarvoor hij het talent bezit, iets dat meestal samengaat, wordt hij vanzelf een nuttig lid van de maatschappij.'

Jochem moest lachen, zo hard dat zijn haren ervan in het rond zwierden.

'Interessant,' zei hij nalachend. 'Zou u er niet voor voelen om uw gedachten eens nader in onze commune te komen toelichten?'

54

'Met alle plezier,' zei Krap. 'Dan breng ik mijn secretaris hier mee om zorg te dragen voor de papieren.'

'Papieren,' vroeg Kowalski, 'welke papieren?'

'Dat zul je nog wel zien,' zei Krap. 'Kom, laten we opstappen, Kowalski. Er is werk aan de winkel.'

Ze schudden Jochem de hand, die een papiertje uit zijn achterzak haalde en het adres van de commune voor hen opschreef.

'Het pakhuis ligt direct naast de kunstacademie, dat moderne gebouw aan de haven, met al die glazen ramen.'

Kowalski knikte. 'Ik weet waar het is.'

Jochem keek op zijn horloge. 'Zullen we zeggen vandaag over een week om acht uur 's avonds?'

Krap en Kowalski knikten. Dat leek hun een uitstekend idee. Ze zwaaiden Jochem en de hond na.

'Laten we vanavond in Hotel Victoria afspreken,' zei Krap. 'Ik trakteer op een etentje. Om zes uur in de bar. Dan drinken we eerst iets en neem ik mijn papieren mee.'

Voor de oorlog heette Hotel Victoria Old Bristol, een in koloniale stijl gebouwd pand van vier verdiepingen met twee namaak-marmeren zuilen ter weerszijden van de overhuifde ingang. De kamers op de eerste verdieping hadden zware bakstenen balkons die uitkeken op de Weltmanboulevard. Tijdens de oorlog werd het hotel door militairen gevorderd. Zo was het bordeel op de eerste verdieping er gekomen. Na de oorlog, toen de soldaten waren vertrokken, waren de meisjes gebleven. Zij ontvingen daarna de partijelite en tegenwoordig voormalige zwarthandelaars en soms een verdwaalde toerist. Op de benedenverdieping bevonden zich een restaurant en een ruime bar.

De bar stond vol oude crapauds en forse boerenstoelen. In de nissen voor de ramen stonden kooien met papegaaien, waarvan sommige konden spreken. Boven de flessenwand achter de bar hing een affiche van een stierengevecht. Naast een dekenkist tegen de achterwand stond een oud petroleumstel met een hengsel dat Kowalski zich nog uit zijn jeugd herinnerde. Even leek het alsof hij de verzadigde geur van stoofvlees rook. De sensatie was zo sterk dat het water hem in de mond liep. Hij ging als enige bezoeker aan de bar zitten en bestelde bier.

De man zette het bier voor hem neer. 'Heil Hitler,' krijste een van de papegaaien in de vensterbank.

'Hou je harses, Eko,' riep de barkeeper en hij grijnsde. 'Weet u hoe oud papegaaien kunnen worden?'

Kowalski had geen idee.

'Honderd jaar en ouder,' zei hij en stak een sigaret op.

'Hoe is het mogelijk,' zei Kowalski.

'Eko is nog van voor de oorlog,' zei de barkeeper.

'Dat hoorde ik,' zei Kowalski.

Op de gang klonk gestommel. Kowalski keek over zijn schouder naar de ingang van de bar.

'Dag meneer Krap,' riep de barkeeper joviaal en hij stak zijn beringde rechterhand omhoog.

Krap wees op een ronde tafel aan de straatkant. 'Twee grote pils, Drago,' zei hij en wenkte Kowalski. Met een zucht plofte Krap neer in een doorgezakte leunstoel en legde een olijfgroen schriftje op het glazen tafelblad. Hij vouwde het schriftje open, tuurde even met samengeknepen ogen naar de eerste bladzij en sloeg het daarna weer dicht.

'We zullen die jongelui eens een lesje geven volgende week,' zei hij. 'Historisch besef heeft de jeugd van tegenwoordig niet meer. Dus zullen we beginnen met een uitleg van de wet van Newton. Van daaruit komen we als vanzelf op de wet van de wederzijdse aantrekkingskracht. Daarna kan ik het hebben over de maatschappelijke blokkade die een werkelijk socialisme in de weg staat.'

'Proost,' zei Kowalski en hij nam een slok uit de stenen kroes bier. 'Op de toekomst.'

'Die aan ons is,' zei Krap en hij hief eveneens zijn kroes. 'Tjonge, wat zijn die dingen toch zwaar.'

'Vroeger werd jenever alleen in stenen kruiken verkocht. Op die manier kon niemand zien hoeveel je er al uit gedronken had.' Kowalski begreep niet goed waarom hij dit te berde bracht. Misschien omdat Krap zoveel meer wist dan hij.

Krap negeerde Kowalski's jeneverkruik. 'Dat eerste deel doe ik uit mijn hoofd. De rest ook, maar mocht ik de draad kwijtraken, dan moet jij de steekwoorden in dit schriftje raadplegen en er eentje opnoemen. Het geeft niet welke. Mijn theorie kan vanuit iedere gezichtshoek en volgorde worden uitgelegd. Dat komt omdat ik het toeval geëlimineerd heb.'

'Zoals het een universele theorie betaamt,' zei Kowalski en hij pakte het schoolschrift.

'Verlies het niet,' zei Krap. 'Ik heb geen zin om alles nog eens op te schrijven.'

'Ik ben gewend iets te bewaren,' zei Kowalski. 'Of het nu om dingen gaat of om geheimen.' Hij vouwde het schriftje dubbel en schoof het in de binnenzak van zijn jasje.

Krap keek om zich heen. 'Heb je die papegaaien gezien?'

Kowalski knikte. 'De middelste heet Eko en roept "Heil Hitler".'

'Die vlak bij de bar roept "ober" en "taxi": "Ober – taxi". Drago heeft mij eens verteld dat hier jarenlang een alcoholist kwam, een vent met geld, die zich iedere avond aan die bar liet vollopen en dan, als hij naar huis wilde, "ober – taxi" riep. Dat heeft die papegaai in zijn oren geknoopt.'

'Een papegaai heeft geen oren,' zei Kowalski.

'Jij je zin,' zei Krap. 'Maar dat is wat hij roept. En die andere roept alleen maar "brand, brand". Drago, breng eens iets sterkers.'

'Meneer Fragonna is alweer drie jaar dood,' zei Dragon. 'Maar zijn meest gebruikte woorden heeft de papegaai onthouden,' zei hij en zette een halfvolle fles wodka en twee glaasjes voor hen neer.

'Meneer Fragonna was een zwijgzaam mens,' zei hij. 'Hij dronk met wetenschappelijke precisie. Morste nooit een druppel, zelfs niet als hij dronken was. Niemand wist waar hij woonde, maar hij kwam en ging altijd per taxi. Sommige meisjes van boven dachten dat hij bij de geheime politie werkte. Onzin natuurlijk, hij hield gewoon niet van praten en dan dachten ze vroeger algauw dat ze met een stille te maken hadden.'

De fles raakte in snel tempo leeg.

'Wat vind jij eigenlijk van mijn theorie,' vroeg Krap.

Kowalski aarzelde. Hij wist niet waar hij beginnen moest. Ten slotte zei hij: 'Die is universeel. Nu gaat het er nog om de onderdelen eruit af te leiden.'

Krap sloeg zich met zijn brede handen op zijn knieën. 'De natuurwetenschappen hebben de afgelopen jaren grote vorderingen gemaakt,' zei hij. 'Eerst had je alleen atomen, protonen en hoe ze allemaal mogen heten, nu zijn er ook de zogenaamde elementaire deeltjes.'

Kowalski trok zijn wenkbrauwen op.

'Die kun je alleen in een deeltjesversneller waarnemen. Ze gehoorzamen niet aan de wet van Einstein. Ze duiken op en verdwijnen weer zonder een spoor van energie achter te laten. Gaan zowel vooruit als achteruit in de tijd. Het raadsel van de kwantumfysica. Enfin, daar wilde ik het niet over hebben. Het gaat erom dat alles in het universum doelmatig is. Een enorm raderwerk waarvan alle deeltjes feilloos in elkaar passen. Waarom zou er dan geen verborgen wet bestaan die ervoor gemaakt is om de mens in geluk en vrede te laten leven? Het doel van het leven kan toch niet uit louter toeval en chaos, moord en doodslag bestaan? Dan zou alles zinloos zijn.'

'Misschien lijkt dat alleen maar zo. Een verborgen wet,' zei Kowalski peinzend en hij nam nog maar eens een slok wodka.

'Verborgen in de raadsels van de natuur,' zei Kowalski plechtig.

'Op een ochtend werd ik wakker, zei Krap, 'en was alles anders. De liften, Toby, mijn vrouw. Het was alsof ik opnieuw geboren was. Een ogenblik stond het me helder voor de geest. Toen vervloog alles, alsof het maar een droom was geweest. Maar ik wist dat ik een tipje van de sluier had opgelicht en dat het mijn opdracht was de wet van de wederzijdse aantrekkingskracht te formuleren en in de werkelijkheid vorm te geven. Ergens in mijn hersens zat die wet verborgen. Zo voelde het op dat moment. Er moest een betere wereld dan deze zijn. Of sterker, die bestaat al. Ze moet alleen nog maar geopenbaard worden. De wetenschap zal haar stap voor stap dichterbij brengen. En die wetenschap belichaam ik.'

Krap sprak langzaam en met grote nadruk. Ook Kowalski voelde de drank in zijn lijf. De aderen bij zijn slapen bonsden.

'Volgende week is het zover,' zei Krap. 'Ik zal ze de ogen openen.'

Kowalski dacht aan een oudtante die bij de Jehova's getuigen was geweest en daarvoor jaren gevangen had gezeten.

'Kom,' zei Krap, 'we gaan een hapje eten.'

De eetzaal was aan de andere kant van de hal. Het tapijt was ernstig versleten, zoals alles in Hotel Victoria.

'Vergane glorie,' zei Krap, 'maar het eten is ouderwets lekker, Kowalski.'

Ze gingen aan een tafel zitten. In een grote spiegel aan de muur tegenover hen konden ze zien hoe dronken ze waren. Behalve Krap en Kowalski zaten er nog zes mensen in het restaurant, verspreid aan tafeltjes in de enorme met donkerbruine houten panelen beklede eetzaal, alsof ze op eilandjes zaten. De meesten aten zwijgend.

'Er is hier eens een van de kroonluchters naar beneden gekomen,' zei Krap. 'Op een vaste klant. Hartstikke dood.'

'Dat is lang geleden, meneer Krap,' zei de gerant, die naast hun tafeltje was komen staan en nu hun bestelling opnam: twee haaskarbonaden met champignons en een fles Pulitzer. 'De luchters hangen nu volkomen veilig.'

'Dat is je geraden ook, Filoman,' zei Krap. 'Ik zou hier niet graag mijn laatste adem uitblazen.'

'Maakt u zich geen zorgen, meneer,' zei de gerant, een broodmagere man in een jacquet dat hem enkele maten te groot was. 'De tijden zijn veranderd.'

'Maar niet ten goede,' zei Kowalski.

'We zullen zien,' zei de gerant voorzichtig. 'We zullen zien, meneer. De toekomst zal het leren.'

'De toekomst kan ons niets leren,' zei Krap.

'Omdat die niet bestaat,' zei Kowalski, die dit een logische gevolgtrekking vond.

Toen het eten gebracht werd, dat ze in rap tempo naar binnen werkten, wees Krap op de andere bezoekers. 'Wat is er genoeglijker dan met andere mensen aan tafel te zitten eten. En moet je dat nou zien. Lange tanden en ver uit elkaar, ieder voor zich. Alsof gezamenlijk eten een straf is en niet een van de primaire genoegens van de mens. Eten en vleselijke gemeenschap.' Hij wees met zijn vork naar de vochtvlekken in het plafond.

'Praat een beetje zachter,' zei Kowalski. 'Iedereen kan je horen.' Hij boog zich giechelend naar Krap over en hield zijn rechterhand half voor zijn mond. 'Eten en vleselijke gemeenschap en dan naar de plee.'

'Daar zeg je me zowaar wat,' zei Krap en hij veegde zijn mond af met zijn servet. 'We gaan naar de wc en dan nog een afzakkertje halen in de bar.'

'Moet je niet eerst betalen,' vroeg Kowalski bezorgd.

'Ik heb een rekening lopen,' zei Krap nonchalant met één hand wuivend. Hij begaf zich licht wankelend naar de uitgang van het restaurant. Achter in de hal bleef hij voor de liftdeur staan. Hij begon te grinniken. Toen Kowalski naast hem stond, zei hij: 'Had ik toch bijna de lift voor de plee aangezien. Kom, deze deur.'

Ze stonden ieder voor een urinoir. Uit een onzichtbare luidspreker klonk zachte vioolmuziek.

Arm in arm liepen ze terug naar de bar, waaraan nu een paar toeristen een roze drankje zaten te drinken.

Krap bleef midden in de bar staan, fixeerde een van de papegaaien en riep toen: 'Ober – taxi!'

De groen-blauwe papegaai krijste zijn woorden na en de barkeeper pakte de telefoon.

Toen de rode achterlichten van de taxi met Krap in de avond verdwenen, bleef Kowalski op het trottoir van de Weltmanboulevard achter. Zijn hoofd voelde zo licht dat er plaats voor wel duizend ideeën in leek, maar voorlopig bleef het even leeg als een verlaten plein. Hij begon te lopen. Het gele licht van de straatlantaarns spatte in prisma's uiteen. Omdat hij lichtelijk zwaaide, versnelde hij zijn pas. Hij luisterde naar zijn voetstappen. Marstempo, dacht hij, zo liepen wij vroeger bij de Jonge Valken ook: één, twee, één, twee. Hij begon te neuriën. En opeens doken ze op, de woorden uit een ver verleden.

Vooruit gij kameraden
de toekomst is aan ons
kaarsrecht de weg, beslist de tred
trots zijn wij op onze fiere daden

O zonlicht aan de einder
daar, in het ver verschiet
wacht ons de heilstaat; o nee
het geluk ontgaat ons niet

Kowalski's stem schalde tussen de gevels door de lege straten. Zijn stem had allure, kracht en daarom deed hij er nog een schepje bovenop.

Gij fiere jonge zonen
van het dierb're vaderland
treed aan, dit is de maatschappij
waarin wij zullen wonen

Plotseling voelde hij van achteren een hand op zijn schouder. Kowalski draaide zich om. Voor hem stond een agent.

'Wat moet dat,' vroeg de politieman.

'Ik zong,' zei Kowalski.

'U bent dronken,' zei de agent. 'En u verstoort de openbare orde. Zeker een oude socialist,' voegde de man er spottend aan toe en legde een hand op zijn revolvertas.

'Nou en of,' zei Kowalski. 'Van de oude stempel.'

'U weet toch dat het zingen van dergelijke liederen tegenwoordig verboden is?'

'In deze zelfde straat heb ik vroeger...' begon Kowalski aan zijn verweer. Maar verder kwam hij niet. Bliksemsnel had de agent een handboei om zijn pols dicht geklikt en trok hem nu ruw achter zich aan.

Kowalski besloot zijn mond te houden. Op het bureau zou hij alles wel uitleggen.

Toen ze het politiebureau binnen kwamen werd Kowalski door een andere agent die naar haring rook gefouilleerd. Uit de binnenzak van zijn jasje kwam het olijfgroene schriftje van Krap tevoorschijn. Ook zijn huissleutels en een doosje lucifers werden in beslag genomen. De agent die naar haring stonk duwde hem door een smalle gang naar een cel.

'Ga daar eerst je roes maar eens uitslapen, vuile politieker.'

Kowalski zat in het halfdonker. Hij begreep er niets van. Hij had niet meer dan wat onschuldige liedjes gezongen. Liedjes van vroeger toen je ze moest zingen, of je nu wilde of niet. En diezelfde liedjes zouden nu verboden zijn, staatsgevaarlijk misschien wel? Hij grinnikte, ging op de stenen brits zitten en vouwde zijn handen. Vanuit de hoeken van de cel deinde de geur van pis hem tegemoet. Zo zittend dommelde hij weg, tot hij opschrok van gemorrel aan de celdeur.

De agent die hem had gearresteerd stond in de deuropening en wenkte dat hij mee moest komen. De man bracht hem naar een kantoortje achter de balie. Hij stak de bureaulamp op een kale houten tafel aan en gebaarde dat Kowalski op een keukenstoel tegenover hem plaats moest nemen. Voor hem op tafel lag het schriftje van Krap. De agent bladerde erin. Hij had vuile nagels. Hij tikte met zijn wijsvinger op een opengeslagen bladzij.

'Wat heeft dit te betekenen? "Egoïsme als drijfveer voor het algemeen belang versus egoïsme. Tandarts die er baat bij heeft dat zoveel mogelijk mensen rotte tanden hebben. Verder uitwerken."'

Kowalski ging rechtop zitten. 'Ik heb geen idee,' zei hij. 'Ik heb dat schriftje in het volkspark op een bank gevonden en het bij me gestoken. Iemand moet het daar per ongeluk achtergelaten hebben.'

De agent knikte, trok een la onder de tafel open en legde een blanco stuk papier en een aan het uiteinde afgekloven balpen voor Kowalski neer.

'Uw naam en adres,' zei hij kortaf.

Kowalski boog zich voorover en schreef zijn naam en adres op het papier. Hij moest zich tot het uiterste concentreren om die opdracht tot een goed einde te brengen.

De agent vergeleek zijn handschrift met dat in het schriftje.

'Gevonden dus,' zei hij. 'Waarom hebt u het bij u gestoken? Het was toch niet van u?'

'Dat is waar,' zei Kowalski.

'Opruiende, socialistische wartaal is het. Hier: "Herinrichting van de maatschappij in kleine gemeenschappen, totaal selfsupporting. Verband tussen erotiek – plezier – eten en gemeenschapszin."'

Hij bladerde verder en zei: 'En wat denkt u hiervan: "Vrouw en man gelijkwaardig. Op basis van wederzijdse aantrekkingskracht vormen zij tijdelijke verbintenissen die op ieder moment weer verbroken kunnen worden. Kinderen uit deze verbintenissen voortgekomen worden door de hele gemeenschap opgevoed. Geen gezinsvorming." Ook nog pornografie dus.'

'Ik heb het schriftje niet in gekeken. Ik weet echt niet wat er allemaal in staat,' zei Kowalski.

De agent zuchtte, leunde achterover en sloeg het schriftje dicht. Hij schoof het terug naar Kowalski.

'Ik weet het goed gemaakt,' zei hij. 'U krijgt deze keer alleen een bekeuring wegens openbare dronkenschap.'

Kowalski knikte bedeesd, vouwde Kraps schriftje dubbel en stak het bij zich.

'Ja, u kunt nu wel gaan,' zei de agent en gaapte verveeld.

'Dat socialisme van jullie was één grote leugen,' riep de man toen Kowalski bij de deur was. Het leek hem verstandig niet op die opmerking in te gaan. Iedereen wist dat de politie altijd met alle winden van de macht meewaaide. Het belangrijkste was dat hij het schriftje van Krap uit de handen van de agent gered had. Bij de balie kreeg hij zijn huissleutels en het doosje lucifers terug. Hij rilde van de kou toen hij nuchter en met barstende koppijn het bureau verliet en op weg ging naar huis.

Sinds hij ontslagen was had Kowalski tijd te over om in K. rond te wandelen. Overal stonden gebouwen en woonhuizen in de steigers. Waar kwam al dat geld opeens vandaan? Rondom hoorde je het dof bonzende geluid van heimachines. Overal zag je sloopballen tegen de muren van gebouwen aan slingeren zodat in wolken stof en neerstortend puin de interieurs achter de muren zichtbaar werden. Half losgeraakte en nu vrij in de wind meebewegende lambriseringen, de tegelwand van een badkamer met in het midden een grote spiegel die nooit meer een mens zou spiegelen. Samen met andere werklozen bleef hij lang bij de nieuwe bouwputten staan. De borden van de aannemersbedrijven vermeldden bijna allemaal een adres in het Buurland. Een man met rode handen en een gezicht vol afhangende plooien, waardoor hij op een sint-bernardshond leek, wees erop en keek Kowalski aan. 'Nu pakken ze ons ook nog ons werk af,' zei hij bitter. Kowalski knikte. Er waren er meer zoals hij. Ze bevolkten de koffiehuizen waar ze al te lang in hun koffie roerden en zwijgend naar buiten staarden. Nee, van het elan van enkele maanden geleden was niets meer over.

Kowalski zat alleen aan een cafétafeltje voor het raam en luisterde naar de gesprekken om hem heen. Die gingen, behalve over het weer, maar dat was normaal, alleen maar over geld. Vroeger had iedereen werk en verdiende zo ongeveer hetzelfde. Geld maakt niet gelukkig, dacht Kowalski, maar je moet er wel wat van hebben. Ook hij was op zoek naar werk. Hij was een paar keer tevergeefs bij zijn oude baas langsgegaan. Op kantoor scheen men vergeten te zijn dat hij hier bijna twintig jaar had gewerkt. Hij dacht aan zijn oude werkkamer, direct grenzend aan het magazijn. Van daaruit regelde hij de distributie. Hij telefoneerde met de verkooppunten, vulde de vrachtbrieven van de chauffeurs in en hield de voorraden bij. Kleine tekorten aan het eind van iedere maand zag hij door de vingers. Hij wist waar die vandaan kwamen. Bijna iedereen vulde zijn salaris met waren in natura aan. Die rollen pleepapier waren niet alleen voor eigen gebruik, je kwam ze ook regelmatig tegen op de straatmarkten die overal in de stad gehouden werden en die nu praktisch verdwenen waren. Mensen ruilden kleren, schoenen, maar ook boeken, toiletartikelen, koffie en thee met elkaar. De levendigheid was met die markten uit het straatleven verdwenen en daarmee ook de saamhorigheid van mensen die aan vrijwel alles gebrek hadden en bereid waren het weinige dat ze hadden met elkaar te delen of te ruilen. Hoe kon die saamhorigheid worden hersteld?

Kowalski zocht in Kraps schrift, maar vond geen oplossing voor dat probleem. Eerlijk gezegd begreep hij weinig van al die cryptische notities. Het gedachtegoed dat erdoorheen schemerde ontging hem grotendeels. Ook kon hij geen enkele samenhang tussen de losse notities ontdekken. Misschien om Kraps gedachtegoed tot het zijne te maken begon Kowalski op een avond de aantekeningen van Krap over te schrijven in een oud schoolschrift met blauwe kaft. Maar na afloop begreep hij er nog niets van. De samenhang tussen al die losse ideetjes en opmerkingen bestond alleen in het brein van Krap, die in het museum van de liftenfabriek de tijd doodde met het bouwen van een stad van de toekomst, zoals hij het noemde, met steentjes uit een lego-doos.

Kraps stad leek voor Kowalski nog het meest op een middeleeuwse burcht omgeven door een hoge muur met in het midden een aantal gebouwen, door overdekte passages met elkaar verbonden. In het groene schriftje las hij: '...alle gangen overdekt, zodat de bewoners ook 's winters zonder jas via de binnenstraten van hun woningen naar de werkplaatsen kunnen. De hoger gelegen verdiepingen kunnen met liften worden bereikt.' Liften. Daarover stond merkwaardig genoeg maar weinig in het schriftje. Behalve op een bladzijde bijna aan het eind: 'Liftmonument. Op laagvlakte op te richten toren waarin een glazen lift meer dan zeventig meter omhoogschiet en uitkomt in een panoramazaal waar ook een restaurant gevestigd is. 's Avonds worden de lichten gedoofd, het dak opengeschoven en kan het publiek genieten van de sterrenhemel. In het dak van het restaurant een planetarium aanbrengen dat op bewolkte dagen de plaats van het hemelgewelf kan innemen.'

Toen Kowalski zei dat dat hem deed denken aan de lift waarmee astronauten naar de cabine van een ruimteraket werden vervoerd, schudde Krap zijn hoofd. 'De mens moet zijn plaats kennen. En die is hier op aarde, niet in het heelal.'

Terwijl Krap verder werkte aan zijn stad, die op een schragentafel links achter in de tweede tentoonstellingszaal stond, zei hij: 'Heb je er wel eens aan gedacht dat wij ons midden in een enorme explosie bevinden? Het universum is uit een ontploft ei voortgekomen. The big bang. We reizen met enorme snelheid naar de rand van het heelal, al merken we daar zelf niets van.'

'En achter dat heelal,' vroeg Kowalski, die zich ongemakkelijk voelde bij het door Krap geschetste beeld van een steeds verder uitdijend universum.

'Daar heersen de zwarte gaten,' zei Krap. 'Daar is een reusachtige zwaartekracht aan het werk die alles, zelfs het licht, naar zich toe trekt en het laat verdwijnen.'

Soms, zoals op dit moment, was Kowalski blij dat hij dat allemaal niet wist. Hij zou er maar tobberig van worden.

Zijn eigen universum was niet groter dan zijn kamer in de Frederikstraat, waar hij zijn rechte rijen begonia's begoot, de dorre bloesem verwijderde en zijn simpele maaltijden bereidde die hij op een op tafel uitgespreide krant opat. Een enkele keer luisterde hij naar de radio. Vroeger viel daar vaak klassieke muziek te beluisteren: Haydn, Mozart, Beethoven. Tegenwoordig kwam er meest harde gitaarmuziek uit de luidspreker, begeleid door bonkende drums. Het was de muziek van de toekomst, van de jeugd. Tussen de nummers door schreeuwde de omroeper zijn aankondigingen gelardeerd met veel Engelse woorden. Krap had gelijk, voor het Esperanto was in deze wereld geen plaats meer. Het beeld van een solidaire wereldbevolking die dezelfde taal sprak, leek verder weg dan ooit. In de krant las hij dat er enige duizenden talen bekend waren en dat er vooral in het Amazonegebied nog steeds nieuwe talen werden ontdekt. Niets dan versplintering zag hij om zich heen. Volgens Krap dacht de moderne mens dat hij het middelpunt van het universum was. Hovaardij. Daar moest iets tegen worden ondernomen. Kowalski was het volkomen met hem eens, al zag hij niet goed hoe dat in zijn werk zou moeten gaan.

'Misschien door nieuwe schaarste,' zei hij aarzelend. 'Zoals tijdens de oorlog.'

'Dat dacht ik vroeger ook,' zei Krap. 'Hoe welvarender de mens, des te minder geneigd is hij die welvaart met anderen te delen. Tot ik ontdekte dat niet welvarendheid de oorzaak is van individualisering, maar verkeerd begrepen eigenbelang. Zo gauw de mens de angst verliest om zijn bezit kwijt te raken, omdat dat bezit collectief is en niet meer privaat, kan het leven hem niet welvarend genoeg zijn.'

'Maar dan zou de productie enorm moeten groeien,' veronderstelde Kowalski.

'Nee,' zei Krap. 'Als je met kleine, besloten gemeenschappen werkt, hoeft de productie niet omhoog, alleen maar beter, rechtvaardiger te worden verdeeld.'

'Zo is het ons vroeger ook altijd voorgespiegeld,' zei Kowalski.

'Door de verkeerde mensen,' zei Krap zelfverzekerd.

Dat bewonderde Kowalski in Krap. De zekerheid van waaruit hij sprak. Daar wilde hij ook deel aan hebben.

'We zullen ze een lesje leren,' zei Krap.

'Oude wijn in nieuwe zakken,' zei Kowalski.

'Hoe ouder de wijn, des te beter hij smaakt,' zei Krap.

Op de dag dat Krap zijn voordracht voor de jongelui van de vrijstaat zou houden, werd Kowalski 's ochtends wakker met pijnscheuten in zijn rechterschouder. Een kille tochtstroom trok door de kamer. Hij ging op de rand van zijn bed zitten en keek om zich heen. Rond de steenrode bloempotten lag de vloer bezaaid met begoniablaadjes. Hij voelde de tocht die onder de deurplint door kwam langs zijn enkels strijken. Toen pas keek hij naar buiten en zag de boomtoppen buiten vervaarlijk heen en weer zwiepen, boordevol alarmerend ritselende blaadjes. Met elke stormvlaag lieten er een stel los en dwarrelden langs zijn raam naar beneden. Iedereen had de komst van de herfst verwacht, maar nu het eenmaal zover was verbaasde het Kowalski toch. Prettig verrast was hij, dat wel, hij hield van dit jaargetijde. Nadat hij zich gewassen en aangekleed had, ging hij met een kop koffie voor het raam zitten. Voor hem lagen het olijfgroene en het blauwe schriftje. Hij keek naar een plastic zakje dat door de wind vol lucht was geblazen en nu hoog boven de straat ronddartelde. Zo nu en dan kantelde het, schoot naar beneden om door een lage windstroom opgevangen en weer opgetild te worden. Kowalski dacht aan zijn jeugd, aan de wuivende rietkragen langs de plassen, de piepende, ronddraaiende haan op de kerktoren van het dorp waar hij was geboren. Op straat verschenen de eerste huisvrouwen met hun boodschappen-tassen, een sjaaltje om hun permanent geknoopt. Ze liepen licht voorovergebogen tegen de straffe wind. Kowalski besloot een ochtendwandeling door de stad te gaan maken. Het duurde tenslotte nog tot de avond voor Krap hem zou komen afhalen. Kowalski was nooit bij Krap thuis geweest, al had die hem laatst zijn huisadres gegeven. Hij zag hem uitsluitend in het Liftenmuseum. Zou hij net als hij thuis eten of gebruikte hij zijn maaltijden in een van de vele goedkope restaurants die onder de vorige regering als volkskeuken hadden gediend en waar je voor een gering bedrag een bord stamppot opgeschept kon krijgen uit enorme pannen bewaakt door struise vrouwen met witte kapjes op? Ze hadden dikke roze bovenarmen en keken de etensgasten met onverholen minachting aan. Het woord volk kwam vroeger in allerlei samenstellingen voor: volkswoede, volksverachting, volksverwachting, volkssport, volkskunst, volksgevoel. Nu leek dat woord, samen met de geschiedenis van het Thuisland, verdampt. Je hoorde of zag het nergens meer. Het volk was uiteengevallen in individuen, ieder voor zich op weg naar werk of koffiehuis.

Kowalski liep door de stad en zag langs de stoepranden van de straten hoe het vuilnis zich daar had opgehoopt. Nu herinnerde hij zich dat er twee dagen geleden een staking onder de vuilnisophalers was uitgebroken. Het ging om hogere lonen. Vroeger waren stakingen verboden. En als er hier en daar toch een wilde staking uitbrak werd die met harde hand onderdrukt. Nu de vakbonden opnieuw waren toegestaan, volgde de ene staking op de andere. Iedereen wilde meer loon om de gestegen kosten van levensonderhoud het hoofd te kunnen bieden. Kowalski keek naar de slordige vuilnishopen waar zo nu en dan windstoten overheen trokken en fladderende kranten, lege zakken en plastic flesjes voor zich uit joegen. Volgens de nieuwe regering bevond het land zich in een overgangsfase. De sociale onrust zou binnenkort tot het verleden behoren, er werden onderhandelingen in het vooruitzicht gesteld en een plan van nationale redding om het verarmde deel van de bevolking er weer bovenop te helpen. Maar voorlopig was het herfst. Boven de stad trokken zwartgerande wolken in ijltempo naar het oosten. Kowalski keek omhoog en glimlachte, hij hield van de wind. Grote schoonmaak van de natuur. Op een van de pleinen klapperde de nationale vlag aan een hoge witte vlaggenmast. Hoeveel vlaggen van het Thuisland moesten er nog op zolders en in kasten liggen, vroeg Kowalski zich af.

Hij ging een koffiehuis binnen. Op de vensterbank stond een rij groene cactussen. Ze zagen er stoffig uit. Kowalski haalde een kopje koffie bij de toonbank waarop een kleurig kartonnen bord stond dat het publiek opriep om aan een loterij mee te doen. Die waren sinds de machtswisseling als paddenstoelen uit de grond geschoten. Veel mensen probeerden op die manier een uitweg uit de armoede te forceren. Maar het toeval was een onbetrouwbare bondgenoot, wist Kowalski, die met zijn kopje aan de leestafel voor het raam ging zitten. Voor hem hing een aantal ochtendbladen over een koperen stang. Hij trok er een af en bladerde de krant door. Hij las zonder dat hij het idee had dat het nieuws over zijn land ging en nog minder over hem. Zonde van al dat papier, dacht hij. Hoeveel rollen wc-papier zouden er uit één krant gaan? Een paar oud-partijleden waren aangeklaagd wegens corruptie en zouden binnenkort voor de rechter moeten verschijnen. De namen zeiden Kowalski niets. De grote jongens bleven toch buiten schot. De baas van de staatstelevisie was nu directeur van een commercieel tv-station, las hij even verder. Hij keek om zich heen. De mensen aan de tafeltjes zagen er nog net zo uit als toen het Thuisland nog bestond. Dezelfde verfomfaaide, vale kledij. Niemand had hen geraadpleegd. Nu er een democratie was ingesteld hadden ze nog steeds het idee dat er over hun hoofden heen geregeerd werd. Veel van de ingezonden brieven in de krant gingen daarover. De bureaucratie leek alleen nog maar erger geworden. Democratie kon volgens Kowalski alleen maar werken als alle mensen intelligent zouden zijn en wisten waar ze het over hadden, maar de meesten waren dom en het kon hun allemaal niets schelen. Zolang ze maar geld hadden. En een baan. De krant schreef over een 'noodzakelijke herstructurering van de verouderde infrastructuur'. En hier zaten de mensen, dronken koffie en spraken over het weer. Aan de bar bestelden twee kalende mannen met pilobroeken hun eerste biertje. Kowalski stond op, rekende af en wandelde terug naar huis. De bovenleidingen van de tram schommelden in de wind. Op het trottoir lagen een paar uiteengespatte rode dakpannen. Kowalski keek naar boven. Het was alsof de herfststorm de daken van de huizen wilde rukken.

Tussen de vuilnishopen op de hoeken van de straten graaiden mensen naar weggegooid huisraad, kapotte apparaten, planken vol spijkers en losse stukken hout.

Thuisgekomen veegde hij de bloemblaadjes met stoffer en blik op. Hij keek op zijn horloge. Het was net half drie. Alle

tijd voor een middagslaapje. Sinds zijn ontslag was hij daar-
aan gewend geraakt. Hij ging met zijn kleren aan op bed liggen. De bovenbuurman had de radio aan. Ritmische muziek,
jazz waarschijnlijk. Vroeger was die verboden en daarom was
de ether er nu van vergeven. Hij sloot zijn ogen.

Krap belde exact om zes uur aan. Toen Kowalski zich met
het groene schriftje in zijn binnenzak bij hem voegde zag hij
dat Krap een loden jas aanhad in dezelfde olijfgroene kleur
als zijn schrift met aantekeningen.

'Zijn we niet wat aan de vroege kant,' vroeg Kowalski.

'Ik wil op mijn gemak de locatie bekijken,' zei Krap. 'Hoe
groot de zaal is, of er microfoonversterking is. Dat soort dingen.'

Bij de tramhalte stond niemand. Een auto van de ge-
meente reed langzaam door de straat en stopte bij de halte.
Een man met een blauwe pet draaide het portierraampje
open en zei dat er geen trams reden vanwege een draadbreuk. Zo tornden Krap en Kowalski naast elkaar tegen de
straffe wind op. Kraps zwarte krullen wapperden langs zijn
wangen, Kowalski's dunne blonde haar stond recht overeind,
alsof hij onder stroom stond. De panden van zijn regenjas vlogen zo nu en dan, als de wind er van onderen vat op
kreeg, omhoog, zodat het leek alsof hij een ogenblik lang
vleugels had. En zo voelde hij zich ook een beetje. Licht als
een veertje.

Na een halfuur lopen wees hij op de verlichte ramen van
de kunstacademie. Naast het gebouw staken scheepsmasten
boven de kadewand uit. Even verder lag een stenen gebouw
met een dak van plaatijzer. Vroeger was het een pakhuis ge-

weest. Nu huisden er dus studenten in. Aan de voorgevel van het gebouw waar ze nu op afliepen wapperde een spandoek met 'Vrijstaat' erop.

'Daar moeten we zijn,' zei Krap.

Door een ijzeren deur die maar met moeite openging kwamen zij het pand binnen. Kowalski's mond viel open toen hij de her en der in de ruimte opgestelde decors zag. Direct vooraan stond een middeleeuws kasteel op een heuvel in brand. Tussen de kantelen staken kleine zwarte mensen vertwijfeld hun armen in de bloedrode lucht omhoog. Ze liepen om het decor heen en kregen zicht op een lichtblauw meer bespikkeld met witte zwanen. Een gele zon wierp zijn stralen op het rimpelende water. Overal tussen de decors lagen of stonden afgedankte gebruiksvoorwerpen en stapels oude kranten, lege blikken en flessen.

'Wat is dit,' vroeg Krap.

'Kunst,' veronderstelde Kowalski.

'Het is koud hier,' zei Krap.

Tussen de decors stonden kriskras tafels en stoelen. Langs de wanden britsen met drie bedden boven elkaar. In sommige bedden lagen jongens en meisjes in elkaar verstrengeld te slapen. Krap glimlachte. Hier heerste de vrije liefde. In een hoek stond een groot ouderwets kolenfornuis met een wit geëmailleerde ovendeur. Een meisje met een paardenstaart stond in een ketel soep te roeren.

'Kijk,' zei Kowalski. 'Daar loopt Brutus.'

Hij riep de hond, die bleef staan en toen kwispelend op hem af liep. Kowalski boog zich voorover en krauwde de hond op zijn kop. 'Waar is je baas,' vroeg hij, 'waar is Jochem?'

De hond liep naar achteren de hal in.

'Laten we achter hem aan lopen,' zei Kowalski.

En inderdaad leek het alsof Brutus de vraag begrepen had. Achter een geschilderde waterval vol rotsen en schuimend water vonden ze Jochem aan een lange tafel. Hij hield een filmblik in zijn handen, dat hij op tafel legde toen hij hen zag.

'Jullie zijn vroeg,' zei Jochem. 'Ik verwacht de studenten niet voor half acht.'

'Waar is het spreekgestoelte,' vroeg Krap. Kowalski zag dat zijn vriend zenuwachtig was.

Jochem schoot in de lach. 'Spreekgestoelte? Ik zal je wijzen waar je komt te staan.' Hij stond op. Krap en Kowalski liepen achter hem aan. Brutus had zich languit onder de tafel neergevlijd.

Achter in de hal was een oplopend podium gebouwd. De achterwand werd in beslag genomen door een grote wandschildering die de kruisiging van Christus voorstelde. Onder het met bloed bespatte kruis zaten drie soldaten met hun rug naar de kijker te dobbelen.

'Dit leek ons wel een geschikte stek,' zei Jochem.

'En de microfoon,' vroeg Krap.

'Niet nodig. De akoestiek is uitstekend hier,' zei Jochem. 'Ik ga even wat mensen zoeken om alvast stoelen en banken neer te zetten.'

'Jezus,' zei Krap.

'Inderdaad,' zei Kowalski. 'En jij ervoor, als een dominee op de kansel.'

'Ze nemen ons toch niet in de maling,' vroeg Krap bezorgd.

'Het zijn jongelui, anarchisten; ze houden van een grapje.'

Een meisje met sproeten en rood haar vroeg of ze soms een bord soep wilden. Aan een van de tafels lepelden ze de linzensoep naar binnen. Zo nu en dan loerde Krap over zijn schouder naar het kruis achter hem. Jezus zag eruit alsof hij al heel lang dood was.

De verlichting van het pakhuis deed Kowalski denken aan die in de fabriekshal van Loretz. Aan de metalen dakspanten waren neonbuizen gemonteerd die een kaal licht naar beneden wierpen, als ze tenminste niet fanatiek knipperden om aan te geven dat hun levensduur er bijna op zat. Ook tegen de zijmuren brandden tl-buizen. De ruimte was te groot voor hun bereik waardoor er lange schaduwen door de ruimte vielen.

Om half acht, zoals Jochem had gezegd, kwamen de studenten naar de plek waar Krap al op het schuin oplopende podium heen en weer liep. Sommige studenten waren vreemd uitgedost in over elkaar heen getrokken truien en windjacks, niet zonder reden want het was koud in de hal. Buiten loeide de wind. Krap bekeek de meisjes. Sommige hadden hun lippen zwart gestift, waardoor ze eruitzagen als kinderen die te veel drop hebben gegeten. Andere hadden hun haar rood of oranje geverfd. Veel studenten droegen ringetjes, niet alleen in hun oor, maar ook door hun onderlip. Geen van de meisjes had een rok aan. In het bordeel van Hotel Victoria zouden ze geen enkele kans maken. Een gezette man in een zwarte trui kwam handenwrijvend binnen en ging op de eerste rij zitten. Zeker de docent, dacht Krap. Jochem gebaarde, op zijn horloge tikkend, dat Krap kon beginnen.

'Geachte aanwezigen, leden van de vrijstaat. Mijn naam is Krap. Vroeger was ik inspecteur van het liftwezen hier ter stede, tegenwoordig houd ik mij bezig met het formuleren van de door mij ontdekte wet van de wederzijdse aantrekkingskracht. Over deze wet zal ik het aanstonds hebben. Maar eerst wil ik u mijn visie geven op de maatschappij zoals zich die, na het verdwijnen van het Thuisland, aan het ontwikkelen is. De samenleving in het Buurland wordt kapitalistisch of neoliberaal genoemd. Zonder ons hierin te kennen wil de huidige regering ons wijsmaken dat deze samenlevingsvorm te prefereren valt boven het nu zo krampachtig afgewezen socialisme. Wat betekent dit in de praktijk? Ik zal u een aantal voorbeelden geven.

Een dokter binnen het kapitalistische systeem heeft er baat bij dat er zoveel mogelijk mensen ziek worden. Hoe meer patiënten, des te hoger zijn inkomen. Een architect hoopt op een enorme brand die hele wijken van de stad in de as legt, zodat hij opnieuw kan gaan bouwen. Een glazenier heeft al zijn hoop gevestigd op een hagelbui met stenen groot als eieren zodat overal de ruiten breken. Een kleermaker, een schoenmaker, zij zullen zo slecht mogelijke kleding maken en schoenen waarvan de zolen al na een paar weken versleten zijn. Het gebruik van inferieure materialen verdient de voorkeur. De houdbaarheid van levensmiddelen en conserven wordt kunstmatig kort gehouden. Dit alles om ons, burgers van een kapitalistische maatschappij, te dwingen voortdurend nieuwe dingen aan te schaffen. Het kapitalistische systeem is dus niet gebaseerd op duurzaamheid maar op omloopsnelheid. De tl-buizen hier boven mijn hoofd knipperen omdat ze zo zijn gemaakt dat ze al na een paar maanden de geest geven. Iedereen zal het met mij eens zijn dat een dergelijk systeem tot louter verspilling leidt en de burgers onnodig op kosten jaagt. Deze wereldwijde verspilling zal ten slotte leiden tot uitputting van de energiebronnen op aarde en uiteindelijk tot de ondergang van de wereld.'

'Ja,' riep iemand uit het publiek, 'de ondergang van de wereld. Hoera, hoera.'

Krap ging onverstoorbaar door. 'Moeten wij, zo vraag ik u, lijdzaam toezien? De huidige regering draait ons met haar zogenaamde parlementaire democratie een rad voor ogen en doet ons geloven dat wij invloed zouden kunnen uitoefenen op de gang van zaken. Een illusie! Geeft men bestuurders macht, dan zullen ze vroeg of laat die macht ten eigen bate misbruiken, hoe mooi en idealistisch hun praatjes ook. Is er dan geen uitweg mogelijk? Ja, die is er.

Enkele jaren geleden ontdekte ik het bestaan van de wet van de wederzijdse aantrekkingskracht. Deze wet is minstens zo belangrijk als de wet van de zwaartekracht zoals geformuleerd door Isaac Newton, de grote wetenschapper. Ik zal proberen u de werking van deze wet uit te leggen, een wet die, eenmaal geformuleerd, zal leiden tot bevrijding van de mens uit zijn maatschappelijke ketenen.'

Kowalski spitste zijn oren. Eindelijk zou hij aan de weet komen wat die wet van Krap nu precies behelsde.

'Waardoor worden mensen tot elkaar aangetrokken? Door hun passies. Niet alleen bedoel ik hier de lichamelijke aantrekkingskracht, maar ook de aangeboren behoefte om te spelen, bij elkaar te zitten, samen te eten en het werk te doen waar men plezier in heeft. Hoe komt het dan dat de mens niet toe kan geven aan deze aangeboren neigingen? De machthebbers hebben er belang bij om de mensen zo snel mogelijk onvrij te maken, hen te vangen in een net van zogenaamde verplichtingen. Om geld te verdienen moet men werken in het zweet zijns aanschijns, zoals de Bijbel beweert.'

'Weg met de godsdienst,' riep een meisje met een hoge schelle stem.

'Maar niet alleen met de godsdienst, ook met het gedwongen verrichten van werkzaamheden waaraan men geen enkel plezier beleeft. Kijk om u heen en u zult zien dat iedere arbeider, zo gauw hij wordt afgeleid door bijvoorbeeld een uit het nest gevallen vogeltje, het werk onmiddellijk staakt. Waarom werkt hij? Louter om zijn vrouw en kinderen te onderhouden. Houdt hij van zijn vrouw? In het begin misschien, maar al spoedig gaat zijn belangstelling naar andere vrouwen uit. De maatschappij veroordeelt die belangstelling en zo worden mannen, maar ook vrouwen, gedwongen tot overspel of bordeelbezoek. De nieuwe maatschappij, waar u hier met uw vrijstaat de eerste stap toe heeft gezet, moet gericht zijn op het bevredigen van ieders behoefte, in elk opzicht. Nu zult u misschien zeggen dat het toegeven aan die behoeften alleen maar leidt tot een strijd van allen tegen allen, tot een nietsontziend egoïsme. Inderdaad, zonder leidend idee zou dat het geval zijn. Men hoeft maar te wijzen op het gedrag der rijken om dit in te zien. Dit leidende idee is te vinden in de natuur. Bestudeert men de natuur, zoals ik mijn hele leven heb gedaan, dan komt men tot de conclusie dat de bij, de merel, de mier, de eekhoorn handelingen verrichten die niet alleen gericht zijn op overleven, maar ook op plezier. Zij doen hun werk niet met tegenzin, maar zo te zien juist met veel animo. Dat leidt ons naar de vraag hoe wij de arbeid in onze maatschappij kunnen veraangenamen en beter verdelen.'

'Werken is voor de burgerman!' Hier en daar werd er gelachen.

'U hebt gelijk,' ging Krap verder, 'binnen de bestaande maatschappij welteverstaan. Maar wanneer die maatschappij opgesplitst zou worden in kleinere gemeenschappen, gericht op een onafhankelijk van de buitenwereld opererende productie, zouden de mensen kunnen kiezen voor het werk dat hun het best bevalt.'

'Vuilnisman,' riep iemand. 'Plees schoonmaken,' schreeuwde een ander.

'In mijn bestel zal niemand zijn hele leven vuilnisman of schoonmaker zijn. Het is wetenschappelijk bewezen dat een mens niet langer dan een halfuur geconcentreerd met dezelfde arbeid bezig kan zijn. De oplossing zit hem dus in een herverdeling van de arbeid, waarbij ieder mens ongeveer twaalf functies per dag vervult. Niet alleen zal het werkplezier hierdoor toenemen, ook is er een voortdurend gesprek over het werk mogelijk omdat iedereen van alle markten thuis is. De nieuwe mens gaat, als een vlinder van bloem tot bloem, van de ene baan naar de andere. Nu eens staat hij in een fabriek, dan weer werkt hij op het land of past hij op de kinderen.'

Een jongen in een met verf besmeurde overall stond op. 'U bent dus tegen het huwelijk?'

'Het huwelijk zoals wij dat kennen is een door de cultuur opgelegde dwangbuis,' zei Krap. 'Iedere man of vrouw heeft recht op ten minste vijf of meer gelijktijdige relaties. Liefde is een drijvende kracht, die door het huwelijk alleen maar gefrustreerd wordt. Het belemmert de ontplooiing van de mens.'

'U bent dus voor de vrije liefde?'

'Niet alleen in de liefde, ik ben voor totale vrijheid in het maatschappelijk verkeer. Wanneer de mens eenmaal overtuigd raakt van het belang dat niet alleen hij maar ook zijn medemens gelukkig en welvarend dient te zijn, zal men zijn aanvankelijke egoïsme al snel aan de kant zetten en het verruilen voor een alles overheersende naastenliefde.'

Kowalski keek om zich heen en begon zich zorgen te maken. Veel studenten waren al weggelopen of zaten met elkaar te praten zonder acht te slaan op de spreker, die voor de bloederige schildering van Christus' kruisiging al heen en weer benend probeerde zijn betoog voort te zetten.

'U heeft de macht in eigen hand,' riep Krap nu met enige stemverheffing omdat buiten de regen op het ijzeren dak van het gebouw begon te kletteren. 'Uw vrijstaat, zoals u die hier gesticht hebt, kan het begin van een nieuwe wereldorde inluiden.'

Nu stond de man in de zwarte trui op en vroeg het woord.

'Ik ben Alex Varov, Russisch kunstenaar en docent op deze academie. Uw praatjes klinken mij maar al te bekend in de oren. Meneer Krap, u leeft buiten de werkelijkheid. Wat wilt u? Terug naar een dorpssamenleving? In ons land hebben we daarvoor met de kolchozen indertijd een dure prijs betaald.'

'Ik protesteer tegen deze interruptie,' riep Krap. 'En bovendien, die kolchozen waren op zich een prima idee. Dat de staat er misbruik van heeft gemaakt is een ander verhaal.'

'Nooit van de Goelag gehoord? Meneer, u weet er niks van,' riep Varov. 'U bent een utopisch uilskuiken. U staat buiten de werkelijkheid. Nog erger: u bent stapelgek als u het mij vraagt.'

De nog aanwezige studenten begonnen luid te lachen en te applaudisseren.

'Sta ik buiten de werkelijkheid,' riep Krap en hij hief zijn handen pathetisch in de lucht waaruit als op zijn bevel een hagelbui op het plaatijzeren dak begon te trommelen. De studenten beschouwden dit teken van de natuur als het einde van de bijeenkomst en voordat Krap het wist bleef hij alleen met Kowalski in de hal achter. Kowalski zag dat het zweet Krap op het voorhoofd stond. 'Kom,' zei hij, 'laten we naar huis gaan.'

'Parels voor de zwijnen,' mompelde Krap.

'Misschien zou je het eerst allemaal eens verder moeten uitwerken,' zei Kowalski om Krap te troosten, maar die antwoordde niet, pakte het schriftje van Kowalski af en trok zijn loden jas aan.

Op weg naar de uitgang riep iemand in het voorbijgaan: 'Hoerenloper!' Als door een adder gebeten schudde Krap zijn vuist en stapte toen achter Kowalski naar buiten, de regen in.

'Wil je nog wat drinken bij mij thuis,' vroeg Kowalski, die de regen tussen de kraag van zijn regenjas over zijn rug voelde lopen.

Krap schudde zijn hoofd. 'Ik neem de tram. Als die tenminste nog rijdt in deze rotstad.'

De tram reed, maar niet volgens de route die Krap in zijn hoofd had. Navraag bij de bestuurder leerde hem dat de tram wegens een draadbreuk werd omgeleid. Hij voelde zich vernederd, terneergeslagen. Het spreekwoord wilde dat de jeugd de toekomst had, maar het leek erop dat deze jeugd zich geen bal voor die toekomst interesseerde. Vanuit het donker doken er bladeren op en plakten even tegen de ruit alvorens weer meegesleurd te worden door de harde wind. Er was geen hond op straat. Opeens herkende Krap de buurt waar ze doorheen reden. Hij was vlak bij Hotel Victoria. Hij stond op en drukte op de stopknop.

Zo sjofel als de bar en het restaurant eruitzagen, zo chic en gemoderniseerd was de eerste verdieping waar het bordeel gehuisvest was. Op de overloop stonden twee palmen in met groen crêpepapier omwikkelde potten. Krap belde aan. De aartsbleke portier met de imposante schouders deed de deur open. Hij herkende Krap. 'Willy is bezig,' zei hij en wees met een flauw gebaar op een soort salon met goudkleurige na-maak-rococostoeltjes langs de muur. Madame Floor kwam op haar veel te hoge hakken aangetrippeld en vroeg wat hij drinken wilde. Krap bestelde een dubbele wodka. Hij nipte aan zijn glas en verzonk in gepeins. Buiten sloeg de regen tegen de ramen. Hij haalde het groene schriftje uit zijn binnenzak en begon te lezen. Misschien had Kowalski gelijk en moest hij er eens voor gaan zitten om zijn theorie helder en begrijpelijk voor iedereen op te schrijven. Hij las de aantekeningen door en moest toegeven dat er voor een buitenstaander geen touw aan vast te knopen was. Vlucht der gedachten. Hij moest ze tot landen dwingen en ze daarna in de enig juiste volgorde zetten. Een soort gebruiksaanwijzing moest het worden, waaruit de werking van de wet van de wederzijdse aantrekkingskracht vanzelfsprekend zou zijn af te leiden.

De deur van de salon ging open en Willy kwam binnen. Ze droeg een zalmroze zijden japon met een diep decolleté. Haar donkere ogen waren met mascara aangezet. In een van haar nylons zat een ladder. Ze liep schommelend met haar heupen op hem af. Het was Krap duidelijk dat hij niet meer was dan de zoveelste klant. Achter haar aan sjokte hij haar kamertje binnen. Door die andere deur was de vorige klant net vertrokken. Klanten hoefden elkaar zo nooit op de gang tegen te komen. Krap ging op een stoel naast de wasbak zitten en liet zijn handen tussen zijn benen hangen. Hij keek hoe Willy zich uitkleedde. Ze droeg geen slipje. In andere omstandigheden zou hem dat opgewonden hebben, maar hij voelde dat er geen erectie op komst was. Willy ging op de rand van het bed zitten en streelde haar kut.

'Kom je in me,' zei ze. In haar andere hand bungelde een condoom. Krap bewoog niet.

'Is er wat?'

'Ik ben moe,' zei Krap. 'Ik ben plotseling doodmoe.'

Ze stond op, boog zich over hem heen en begon zijn gulp open te ritsen. Krap staarde naar haar schommelende borsten. Jezus, wat was hij afgegaan. Hij stond abrupt op, trok zijn portemonnee uit zijn achterzak en legde een biljet van twintig kronen op tafel.

'Tot een volgende keer,' zei hij, trok zijn rits dicht en liep naar de deur.

Willy wapperde met het biljet. 'Ik zie je wel weer,' zei ze

87

en bukte zich naar de zalmroze japon op het voeteneind van het bed.

Buiten was het droog, de wind was aan het afnemen. Krap sprak zichzelf in gedachten toe. Omdat hij daarbij steeds naast zich keek, was het alsof hij het tegen een onzichtbare metgezel had, tegen Kowalski waarschijnlijk, die nu op zijn kamertje zijn doornatte kleren van zijn lijf stroopte en rillend de kachel oppookte.

De volgende ochtend werd Krap pas om een uur of tien wakker van het ritselen van een envelop die onder de deur door geschoven werd. Hij stapte in zijn grijze jaeger ondergoed uit bed en raapte de envelop op. Het was een brief van Zelpass Liften. Haastig liep hij met de brief naar tafel. Sinds de machtsovername was er natuurlijk een ernstig tekort aan gekwalificeerde liftinspecteurs ontstaan. Nu vroegen ze hem opnieuw in dienst te treden. Hij maakte de envelop open en las dat het Liftenmuseum met onmiddellijke ingang gesloten was omdat het pand van Zelpass door een projectontwikkelaar was aangekocht. Hij werd bedankt voor zijn diensten. Verder niets.

Hij at, zoals iedere morgen, een hard gekookt ei waar hij omstandig op kauwde. Nu zat hij net als Kowalski zonder werk. Met zijn ontslagbrief zou hij naar het arbeidsbureau moeten om een uitkering aan te vragen. Hij zou alleen nog maar geld voor het hoogstnodige hebben. We worden als oud vuil bij de stoeprand gezet en daar zelfs niet meer opgehaald, dacht hij. Twee uur later werd er aan de deur geklopt.

Krap herkende de man die voor de deur stond. Niet dat hij hem persoonlijk kende, maar het type pikte je er overal uit. Ze droegen tegenwoordig geen lange zwartleren jassen meer, maar normale bruine halflange regenjassen. De man haalde een geplastificeerd kaartje uit zijn binnenzak en hield het tussen duim en wijsvinger voor Kraps gezicht.

'Securita BV,' zei de man.

'Van naam veranderd,' vroeg Krap spottend.

'Van naam wel,' zei de man. 'Maar ons werk is nog steeds hetzelfde.'

'En dat is?'

'Het verzamelen van inlichtingen bepaalde verdachte personen betreffende.'

Ze stonden nog steeds tegenover elkaar in de deuropening. Onder de rechter schoenzool van de veiligheidsagent stak een verdord berkenblaadje uit.

'Bepaalde verdachte personen,' vroeg Krap. 'En daar behoor ik toe?'

'Dat wil onze dienst nu juist onderzoeken.'

De man keek langs Krap heen naar de tafel. Daar lag het olijfgroene schriftje. De man wees ernaar.

'Daar zijn wij naar op zoek,' zei de agent. 'Het corpus delicti.'

Krap begreep dat er gisteravond iemand van de veiligheidsdienst in het publiek moest zijn geweest. Deze man of iemand anders, misschien zelfs wel een van de studenten. Hij deed een paar stappen naar achteren zodat de man de kamer in kon. Hij pakte het schrift van tafel en reikte het de agent aan.

'Het zijn niet meer dan wat persoonlijke aantekeningen, losse invallen.'

'Dat maken wij wel uit,' zei de agent en hij stak het schriftje dubbelgevouwen in zijn binnenzak. In het midden van zijn bovengebit glansde een gouden tand. 'U hoort nog van ons.'

Krap liep voor de agent naar de deur alsof hij hem de weg wilde versperren. 'Hoe bent u trouwens binnengekomen,' vroeg hij.

'De buitendeur stond open,' zei de agent.

'De buren,' zei Krap. 'Kenianen. Doodgoede mensen, maar ze denken dat ze nog steeds in de bush wonen. Ze laten alles openstaan.'

'Ze zijn anders,' zei de agent. 'Ook hen houden wij in de gaten. Als u last van ze heeft moet u mij maar bellen, dan zal ik controleren of ze hier wel legaal verblijven.'

Krap nam het kaartje dat hem werd toegestoken aan. 'Dat hoeft nu ook weer niet,' zei hij.

Krap ging met het kaartje aan tafel zitten. Ene Joseph Gudrun. De veiligheidsdienst werkte gewoon door, al beweerde de regering dat ze alle agenten ontslagen had. Krap glimlachte. Uit zijn schrift viel voor een buitenstaander geen wijs te worden. Over een paar dagen zouden ze het wel terug komen brengen, met of zonder excuses; waarschijnlijk zonder. Ze waren gewend zonder enige reden het privédomein van burgers binnen te dringen. Krap merkte dat hij nog steeds een beetje bang voor ze was.

Hij probeerde het nummer van Zelpass te bellen, maar daar werd niet opgenomen. Fabriek gesloten. De naam leefde alleen nog voort op de metalen plaatjes in de liftcabines die Krap de helft van zijn leven had gecontroleerd. Hij besloot Toby een brief te schrijven. Zij had vast geld genoeg. Van die uitkering zou hij onmogelijk rond kunnen komen. En waarom zouden alleen mannen alimentatie moeten betalen? Net toen hij de brief geschreven had en de envelop had dichtgeplakt werd er gebeld. Zou het de agent zijn die het schriftje met de voor de politie onbegrijpelijke aantekeningen kwam terugbrengen?

Het was Kowalski, die die morgen naar het Liftenmuseum was gegaan omdat hij zo'n vermoeden had dat Krap wel wat mentale steun kon gebruiken. Toen hij voor de deur stond hing daar achter het glas van het bovenste raampje een slordig geschreven briefje: 'Liftenmuseum geslote'. En dus was hij nu maar naar Krap toe gekomen om te vragen wat dat te betekenen had.

'Het betekent dat ik ontslagen ben,' zei Krap. 'Ik kreeg vanmorgen een brief.'

'Ook dat nog,' zei Kowalski. 'Een ongeluk komt nooit alleen.'

'Bespaar me je wijsheden,' zei Krap.

'Je woont hier mooi,' zei Kowalski. Hij keek naar het diploma en de tekening van een opengewerkte lift aan de muur boven een kleine boekenkast.

'De veiligheidsdienst is vanmorgen langs geweest. Ze hebben mijn schriftje in beslag genomen.'

Kowalski verslikte zich van pure schrik.

'Wat willen ze?'

'Geen idee. Er moet gisteravond een verklikker in de zaal hebben gezeten.'

'Ik dacht dat er nu vrijheid van meningsuiting was,' zei Kowalski.

'Ja,' zei Krap, 'zolang het in hun straatje te pas komt.'

'Maak je je geen zorgen,' vroeg Kowalski. 'Die lui kunnen heel vervelend worden.'

'Ik maak me meer zorgen om mijn geld. Van zo'n uitkering kan ik onmogelijk rondkomen.'

'Vroeger verdienden we ook niet veel,' zei Kowalski.

'Maar alles was toen stukken goedkoper en je kon niet ontslagen worden.'

Krap wees op de dichtgeplakte brief op tafel. 'Ik heb mijn ex een brief geschreven. Die woont in Amsterdam en haar vriend heeft een reisbureau.'

'Zolang de veiligheidsdienst je op de korrel heeft kun je niet reizen,' zei Kowalski. 'Bij de grens word je teruggestuurd.'

'Wie zegt dat ik op reis wil,' zei Krap.

Drie dagen later ontving Krap een brief van Securita. Securita BV. Misschien was ook de geheime politie van vroeger geprivatiseerd, wie zou het zeggen. Krap maakte de brief open, die ondertekend was door ene Spritz, inspecteur. De brief was in de meest beleefde, ja zelfs vriendelijk te noemen termen gesteld. Spritz schreef dat de dienst met grote belangstelling kennis had genomen van zijn aantekeningen. Op grond daarvan zou het Spritz een eer zijn (ja heus, dat schreef hij) om de auteur ervan te ontmoeten en eens met hem van gedachten te wisselen. In het begin stond Krap wantrouwend tegenover de tekst, maar toen hij de brief voor de derde keer gelezen had, kwam hij tot de overtuiging dat Spritz serieus was en werkelijk belangstelde in zijn gedachten. Hij belde het telefoonnummer dat onder aan de brief stond en maakte een afspraak met de secretaresse van de heer Spritz, die een stem had die voor Krap eerder thuishoorde in een lingeriewinkel dan achter een van de bureaus van de voormalige veiligheidsdienst.

Die dinsdag was Krap stipt op tijd voor zijn afspraak in de Waldemarstraat. Naast de zware houten buitendeur hing een koperen plaat met de ingegraveerde letters Securita BV. Het meisje met de stem die Krap aan een lingeriewinkel had doen denken, droeg een bril met een dik zwart montuur en haar haar in een dikke knot op haar achterhoofd. Ze had een grijs vest los om haar schouders gedrapeerd. Hij gaf haar de brief van inspecteur Spritz. Het meisje pakte de telefoon, weer die lingerie-stem, en kondigde zijn komst aan.

'Meneer Spritz komt zo,' zei ze, wijzend op een lange met een paarse loper beklede trap, die achter in de marmeren gang naar de bovenverdieping voerde.

Het interieur van het gebouw deed Krap op geen enkele wijze aan de veiligheidsdienst van vroeger denken. Aan de wit gesausde muren hingen ingekleurde stadsgezichten van K..

Even later kwam Spritz in een muisgrijs maatpak, beheerst schrijdend, de trap af. Zijn bruine schoenen glommen. Hij zag eruit als iemand uit de Heidelandbuurt met zijn grote villa's en aan weerszijden van de brede lanen lichtgroene lindebomen. Toen Spritz onder aan de trap was, wees hij met een breed gebaar op een deur links van de trap. Krap zette zich in beweging. Terwijl Spritz de deur voor hem openhield, zei hij: 'Fijn dat u kon komen.' Alsof het hier niet om een bevel ging, maar om een afspraak die Krap uit vrije wil nakwam. Spritz wees op een stoel voor een zakelijk stalen bureau. Krap deed zijn loden jas uit, die meteen door Spritz werd aangenomen en aan een lege kapstok in een hoek van het vertrek opgehangen. Hij had slanke witte vingers, de nagels glommen. Ook verder zag Spritz eruit als om door een ringetje te halen. Gladgeschoren, bleekblauwe ogen onder zware wenkbrauwen, een scherpe kin en een lichte blos op zijn wangen. Een door en door gezonde kerel was het die tegenover Krap aan het bureau plaatsnam. Op het bureau lag het olijfgroene schriftje. Spritz schraapte zijn keel, legde zijn hand op het schrift en begon.

'Voordat we het over uw ideeën gaan hebben, meneer Krap, wil ik u eerst een paar vragen stellen. Uit onderzoek is gebleken dat u tweeëntwintig jaar lang voor de firma Zelpass heeft gewerkt als liftinspecteur en de laatste tijd als suppoost van het onlangs gesloten Liftenmuseum. U bent dus nu zonder werk?'

Krap knikte. Ze wisten dus nog steeds alles. Misschien ook dat hij een brief aan Spreeuw had geschreven. Hij voelde de angst van vroeger weer in zijn borstkas omhoogkruipen.

'Vertelt u mij eens,' zei Spritz en hij schoof zijn vingers in elkaar waarbij hij achterover in zijn licht verende bureaustoel leunde, 'hoe bent u in contact gekomen met leden van de vrijstaat?'

Krap vertelde hoe hij en Kowalski Jochem hadden ontmoet.

'U wist niet dat het hier om een anarchistische organisatie ging?'

'Ik dacht dat het om een clubje kunststudenten ging, afkomstig van de kunstacademie naast het pakhuis dat ze hun vrijstaat noemden. Ik zag die benaming meer als een grap.'

'Maar u zag ook overeenkomsten met de ideeën zoals die hier in dit schrift geformuleerd staan.'

Spritz had zijn toon gewijzigd, zijn stem klonk opeens dun en scherp. Krap ging verzitten, was plotseling op zijn hoede. Ging dit gesprek wel de goede kant op?

'Het zijn jongelui,' zei Krap vergoelijkend. 'Ze onderzoeken nieuwe samenlevingsvormen.'

'Precies,' zei Spritz. 'Dat heeft u heel goed begrepen. Ze verzetten zich tegen de bestaande orde. En u kwam daar op een avond nog eens olie op het vuur gooien door te verkondigen dat zij zich moesten overgeven aan de vrije liefde?'

'Het is onderdeel van een heel systeem,' verdedigde Krap zich. 'U kunt er niet zomaar iets uitlichten. U moet het als een groot geheel zien, een toekomstvisie.'

Spritz boog zich opzij, schoof een bureaula open en haalde er een gele map uit. Hij sloeg hem open en begon te lezen.

'Waarom bent u indertijd nooit lid van de partij geweest?'

'Ik werd niet gevraagd.'

'En waarom niet, denkt u?'

'Te onbelangrijk,' zei Krap naar waarheid. 'Ik was niet meer dan een liftinspecteur. Ik deed mijn werk, dat was alles.'

'En ondertussen zat u op een nieuwe maatschappij te broeden?'

'Ik was tot de ontdekking gekomen...' Krap begon aan een uiteenzetting over de wet van de wederzijdse aantrekkingskracht. Halverwege werd hij door Spritz onderbroken.

'U realiseert zich toch wel dat dit subversieve activiteiten zijn? Iedere vorm van socialisme, het uitoefenen of uitdragen ervan is, vooral in de huidige nog instabiele politieke situatie, als ondermijnend te beschouwen. Beseft u dat wel?' Krap schudde zijn hoofd. Hij wees op het schriftje. 'Het zijn nog niet meer dan aantekeningen. Ik moet alles nog uitwerken. Als het eenmaal een samenhangend geheel is, zult u anders over mijn werk oordelen.'

'Daar kunnen wij niet op wachten,' zei Spritz. 'Wij houden die groep jongelui al langer in de gaten. Nu ziet die vrijstaat van hen er nog onschuldig uit, maar als ze zich eenmaal beter georganiseerd hebben zullen zij een gevaar voor de maatschappij kunnen gaan vormen. Om dat te voorkomen moeten wij nu ingrijpen.'

'Ik heb verder met die groep niets te maken,' zei Krap. 'Ik werd uitgenodigd om over mijn ideeën te komen praten, dat is alles.'

'Uw ideeën zijn reactionair. U wilt terug naar de tijd van vroeger.'

'Ik wil niets anders dan het potentieel van ons land beter gebruiken. Nu de industrie door de organisatie Vrijhand opgekocht of ontmanteld is, moeten wij ons opnieuw richten op de landbouw.'

Spritz boog zich naar voren en glimlachte. 'De geschiedenis leert dat wij nooit terug kunnen keren naar het verleden, meneer Krap. Er is maar één weg en die leidt naar de toekomst.'

'Ik wil ook niet terugkeren naar het verleden,' zei Krap, 'wat ik beoog...'

En weer werd hij door Spritz onderbroken. 'Ik weet het

goed gemaakt, meneer Krap. U belooft hierbij geen contact meer met die lieden van de vrijstaat te zoeken en u verder in het openbaar te onthouden van het uiten van uw... uw krankzinnige ideeën.'

Spritz pakte het schriftje en scheurde het in één vloeiende beweging doormidden. Kraps gezicht trok in een kramp. Daar ging zijn levenswerk.

Spritz stond op en terwijl hij het doormidden gescheurde schrift in de prullenbak naast zijn bureau liet vallen, zei hij: 'U mag blij zijn dat u er met een waarschuwing vanaf komt. Ik hoop dat dit tevens de laatste is die ik u moet geven.' Hij liep naar de deur en hield hem open voor Krap, die zijn jas haastig van de kapstok griste en snel de gang in liep.

Thuisgekomen haalde Krap een nieuw schrift tevoorschijn. Op het etiket schreef hij zijn naam en de afkorting wwa. Zijn hand met de balpen trilde. Hij kon niet nadenken. Verontwaardiging en angst streden in hem om de voorrang. Wat betekende die hele machtsovername van het Buurland anders dan een poging om de solidariteit van de mensen te breken, ze te lokken met materiële welvaart en ze zo tegen elkaar uit te spelen? Een voortzetting van de oorlog met andere middelen. Hij moest volhouden. In zijn hoofd konden ze niet komen. Daar straalde de zon van zijn genie. Hij voelde zich een geleerde die op het punt staat een nieuwe wet te formuleren. Net als bij Galilei en Copernicus wilden de autoriteiten de waarheid in het begin niet onder ogen zien. Ze zouden hem bestrijden. Hij sloeg het nieuwe schrift, natuurlijk weer olijfgroen, open en schreef het motto boven zijn verhandeling: 'God dobbelt niet' – Albert Einstein. Opnieuw voelde hij zich sterk. Hij stond voor de poort naar de toekomst. Nu ging het er alleen nog maar om die poort met zijn woorden te openen. Hij moest aan de woorden van de Grote Dichter Goethe denken: 'Een idee waarvan de tijd is gekomen, bezit een onoverwinnelijke kracht.' Maar hoe diep hij ook nadacht, hij wist niet waar te beginnen. Misschien moest hij eerst zijn secretaris, zijn Eckermann bellen.

'Ben jij dat,' vroeg Krap toen de telefoon aan de andere kant met veel gekraak werd opgenomen.

'Wie dacht je anders,' zei Kowalski.

'Het klonk alsof iemand bij jou in de kamer een takkenbos doormidden aan het breken was.'

'Misschien word je afgeluisterd.'

'Denk je?' Krap hield de telefoon even bij zijn oor vandaan.

'Na die geschiedenis, je weet wel.'

'Ik ben bij ze geweest.' Krap vertelde hoe Spritz zijn schriftje verscheurd en weggegooid had.

Even zweeg Kowalski aan het andere eind van de lijn. 'Ik moet nog even mijn bloemen water geven, dan kom ik eraan.'

Kowalski was bang voor Securita, Krap opeens niet meer. Zolang ze mijn kop er niet afslaan, zitten mijn ideeën veilig in mijn hersenpan. Hij keek naar het nieuwe groene schriftje op tafel. Hij zou helemaal opnieuw beginnen. Een lopend betoog in een vloeiende stijl. Misschien zou hij de briefvorm moeten hanteren; die was directer, aansprekender dan een objectieve uiteenzetting.

Toen Kowalski bij hem binnen kwam en het blauwe schrift op tafel legde waarin hij alle aantekeningen van Krap had overgeschreven viel Kraps mond open van verbazing. Er sprongen tranen in zijn ogen en hij greep Kowalski bij zijn schouders vast. Geroerd zei hij: 'Kowalski, jij bent mijn Eckermann.'

Kowalski kende de man niet en knikte dus maar.

'Waarom heb je dit gedaan, alles overgeschreven?' Krap bladerde door het schrift. 'Wat een duidelijk handschrift. Het is net alsof ik mijn gedachtegoed opeens veel scherper voor mij zie.'

'Op school deed ik dat vroeger,' zei Krap. 'Als ik iets niet begreep schreef ik het over. Soms begreep ik het dan wel. In dit geval niet. Het onderlinge verband is mij nog steeds niet duidelijk.'

Krap was zo blij dat hij zijn aantekeningen terug had dat hij een half flesje wodka tevoorschijn haalde en hen inschonk.

'Op je reddingsoperatie,' zei hij. 'Je weet niet half wat dit voor mij betekent.'

Krap legde zijn plan voor de uitwerking van zijn aantekeningen aan Kowalski voor.

'Het moet toegankelijk zijn,' zei Kowalski. 'Op deze manier begrijpt niemand wat je precies bedoelt.'

Krap knikte. 'We moeten aan de lezer denken. Wat sprak jou als lezer het meest aan, ik bedoel, toen je bezig was alles over te schrijven.'

'Dat de wet van de wederzijdse aantrekkingskracht ergens verborgen ligt in de natuur. Het deed mij aan de muziek van Bach denken. Al kun je geen noten lezen en weet je niets van muziek, zo'n stuk van Bach overtuigt je van een soort, wat zal ik zeggen, een soort mathematische formulering van het geluk.'

'Jezus,' zei Krap.'Je bent niet alleen een Eckermann, je bent ook nog een Goethe, Kowalski. De compositie van de wereld!'

Kowalski negeerde de beide voor hem onbekende namen en zei: 'Zo zou jij ook moeten beginnen: met een dwingend en samenhangend betoog dat stoelt op observaties in de natuur. Denken zoals de natuur denkt, zal ik maar zeggen.'

Krap stond op en begon te ijsberen.

'Dat betekent dat wij naar buiten moeten,' zei hij, 'de natuur in. Wacht eens, ik weet wat.'

Krap liep naar de telefoon en draaide een nummer.

'Spreek ik met Mauthaan? Je spreekt met Krap, ja Krap van de lifteninspectie, weet je nog? Goed ja. Ach, ik vind wel weer wat anders. En jij? Bij de markthallen. Wel heel iets anders, zeg. Maar nu even dit. Ik zou er voor mijn rust een weekje uit moeten. Doktersadvies. Nu weet ik dat jij een huisje in W. hebt. Zou ik dat voor een week van je kunnen huren? Dat is erg vriendelijk van je. Of ik morgenavond de sleutel kan komen halen? Ja, dat is goed. Alvast bedankt. Tot morgen dan, Mauthaan.'

'Dat was een oud-collega,' legde hij Kowalski uit. 'Een geschikte kerel die op het bureau werkte. We gingen wel eens samen na ons werk biljarten in het buurtcafé. Ik ben een keer in dat zomerhuisje op bezoek geweest. Het ligt midden in het bos.'

'Gaat daar een trein of een bus heen,' vroeg Kowalski.

'Het is maar vijftien kilometer van hier. We kunnen best lopen.'

'Misschien kunnen we liften,' zei Kowalski, die niet van wandelen hield.

Op dat moment werd er aangeklopt. Krap deed de deur open. In de deuropening stond Dennis, het zoontje van zijn Keniaanse onderburen. Hij had alleen een glimmend zwart sportbroekje aan. Zijn huid had de kleur van chocola. Met zijn bruine ogen keek hij schichtig in Kowalski's richting.

'Wees maar niet bang,' zei Krap, 'dit hier is Kowalski, een goede vriend van mij. Wat zeg ik, mijn beste vriend. Wat kom je doen, Dennis?'

Het jongetje hield een potlood omhoog. 'Heeft u wat papier voor mij, opa Krap?'

Krap liep naar de tafel en pakte het groene schriftje. 'Hier,' zei hij, 'neem dit maar. Het is nog helemaal leeg.'

Het jongetje griste het schriftje weg. Hij sloeg het open en zei: 'Het is niet leeg. Hier staat iets.'

Kowalski zag dat het jongetje nog niet zo lang lezen kon. Hij proefde de woorden, langzaam en een voor een.

'God dobbelt niet,' zei hij toen met een triomfantelijk lachje.

Krap knikte, pakte het schriftje en scheurde de beschreven bladzij eruit.

'Zo,' zei hij, 'nu heb je een heel leeg schrift om in te schrijven.'

'Ik ga erin tekenen,' zei Dennis en hij drukte het schrift tegen zijn blote borst.

'En nu naar beneden. En trek gauw iets aan. Het is veel te koud om zo in je blote bast rond te lopen.'

Toen Dennis vertrokken was, zei Krap: 'Hij komt hier wel meer. Een leuk joch. Zijn ouders zijn jaren geleden door de regering hierheen gehaald om te studeren. Zijn vader is intussen biochemicus en zijn moeder doet iets op de rechtbank. Rustige mensen. Ik ben er wel eens te eten gevraagd. Maar scherpe gerechten zijn niets voor mij.'

Kowalski stond op. 'Ik moet weer eens gaan. Ik heb aardappelsalade gekocht en die bederft als ik hem vandaag niet opeet.'

Ze spraken af om overmorgen vroeg te vertrekken, de vrije natuur in.

2

[Ik voeg mij bij hen op het moment dat zij de stad K. net achter zich hebben gelaten.]

Asfalt veranderde in uit elkaar gereden klinkers. Krap liep voorop, de versleten linnen voortrekkersrugzak als een bult op zijn rug. Hij zette er stevig de pas in. Kowalski volgde op zo'n vijftig meter afstand. In tegenstelling tot Krap, die in zijn wandeltempo aan een marcherende soldaat deed denken, leek Kowalski eerder een flaneur die op zijn gemak om zich heen kijkt en de omgeving op zich in laat werken. Zo zag hij de stenen huizenblokken van de stad successievelijk plaatsmaken voor lage houten huizen omgeven door kale moestuinen waar de bonenstaken in rechte rijen achter elkaar stonden. Op een composthoop lagen een paar uitgedoofde zonnebloemen. Veel van de huizen hadden balkons die dienstdeden als opslagruimte voor emmers, spaden, kapotte fornuizen en meubilair. Nergens was een mens te zien. Alsof het platteland ontvolkt was. Langs de weg verloor een lange rij ontbladerde iepen zich in de verte. Zo nu en dan kwam er een met modder bespatte vrachtwagen voorbij. Krap probeerde de auto's met opgestoken duim aan te houden, maar niet één stopte er. Hij bleef staan en wachtte tot Kowalski hem had ingehaald. Ook Kowalski droeg een rugzak, maar die was aanmerkelijk kleiner dan die van Krap. In de rugzakken zaten schoon ondergoed, een extra paar schoenen en wat conservenblikjes. Ze wisten tenslotte niet wat ze wel of niet in het huisje van Mauthaan zouden aantreffen.

'Wat een ruimte,' zei Krap en hij haalde diep en luidruchtig adem. 'Wat een heerlijke frisse lucht. Eigenlijk zouden we buiten moeten wonen, Kowalski, ver van de bewoonde wereld, en er een eigen kolonie stichten. We zouden zelf alles wat we nodig hebben verbouwen, net als de mensen die hier wonen. Voor hen is het vaderland gebleven zoals het was, net zoals voor deze bomen. Een verandering van systeem dringt niet tot hen door. Deze mensen volgen de eeuwenoude loop der seizoenen.'

'Ik zie anders niemand,' zei Kowalski. 'Net alsof de pest is uitgebroken.'

'Ze zijn op het land aan het werk.'

Kowalski, die zijn jeugd op het platteland had doorgebracht, schudde zijn hoofd. 'Om deze tijd van het jaar is daar niets te doen,' zei hij. 'Nee, ze zitten binnen naar ons te loeren, twee vreemde snuiters met rugzakken.'

'In het eerstvolgende dorp gaan we koffiedrinken,' zei Krap.

'Ik zie anders in de verste verte geen dorp,' zei Kowalski.

'Als je maar doorloopt,' zei Krap. 'Waar een weg is, komt vroeg of laat vanzelf een dorp tevoorschijn.'

Maar ook in het dorp waar ze een halfuur later aankwamen leek alles in diepe rust. De verweerde houten luiken, schuin in de sponningen hangend, waren gesloten en het enige café was dicht. Ze gingen op een bank naast een elektriciteitshuisje zitten, maakten hun rugzakken open en Kowalski haalde een metworst en een mes tevoorschijn. Om hen heen lagen zwarte omgespitte akkers. Tussen de glanzende kleiklompen hipten wat kraaien rond. Een vloog er op en liet zich neer op de scheefgezakte pet van een vogelverschrikker.

'Het is jachtseizoen,' zei Krap. 'Misschien zijn ze allemaal naar het bos om herten en wilde zwijnen te schieten.'

Krap lijkt zich overal aan te passen, dacht Kowalski, maar voor mij is het niks, de natuur. Ik heb er te lang in gewoond. Ze gaf nooit mee, je moest alles op haar veroveren. En nooit een woord van dank. En wat die loop der seizoenen betreft, die gaf alleen maar aanleiding tot gekanker.

Opnieuw gingen ze op pad. Kowalski had moeite om Krap bij te benen.

'De natuur is mooi, vind je niet,' zei Krap.

'Maar je moet er wel wat te drinken bij hebben,' zei Kowalski, die dorst had gekregen van de zoute metworst.

'Als we eenmaal in W. zijn nemen we een biertje, dat beloof ik je,' zei Krap.

Rond de her en der verspreide boerderijen met hun lage stallen en volle hooimijten liepen wat dieren: schapen, paarden, een paar bonte koeien. Er was al in geen uren meer een auto voorbijgekomen.

'Lopen we wel goed,' vroeg Kowalski.

'Dit is de weg naar W.,' zei Krap. 'Een eind terug stond een bord. Dat heb jij natuurlijk weer niet gezien.'

Krap kreeg gelijk. 'Daar ligt het,' zei hij. 'Ik herken de huizen. Iets verderop in de dorpsstraat is een kroeg.'

In W. zagen zij de eerste mensen, mannen in overalls, hun petten met de klep diep in de ogen getrokken. In het café met een uithangbord waarop een primitief geschilderde koe stond afgebeeld, waren nog meer boeren. Ze hielden op met praten toen Krap en Kowalski binnenkwamen en hun rugzakken op de grond lieten glijden.

'Twee bier,' riep Krap luid, alsof hij in de bar van Hotel Victoria was.

De waardin, gekleed in een soort volksdanskostuum met een geborduurd lijfje en een wijde zwarte rok, kwam niet in beweging, alsof zij Krap niet had gehoord.

'Misschien moet je even naar de bar toe lopen,' zei Kowalski.

'Doe het zelf,' zei Krap, die zich niet door zo'n stel boerenkinkels de wet wilde laten voorschrijven.

Kowalski stond op en liep naar de bar.

'Twee bier alstublieft,' zei hij.

De vrouw bewoog haar rode handen in de richting van de bierpomp met zijn porseleinen kop.

'De heren komen vast van ver,' zei ze constaterend terwijl ze de glazen schuin hield en om beurten langzaam vol liet lopen.

'Uit K.,' zei Kowalski. 'We zoeken het huisje van Mauthaan.'

De vrouw knikte.

'Langs de kerk het dorp uit en dan de eerste weg rechts. Dus jullie komen uit K.. Helemaal komen lopen?'

Kowalski knikte. 'Onderweg dacht ik dat wij de enige levende wezens waren,' zei hij.

'De meeste boerderijen zijn verlaten,' zei de vrouw en ze

wreef met de pofmouw van haar feestjurk langs haar dikke neus. 'Iedereen vertrekt hier.'

'Waarnaartoe,' vroeg Kowalski.

'Naar K.,' zei de vrouw en ze lachte luid. Ze schoof de twee glazen bier naar hem toe. Kowalski bracht het bier naar hun tafeltje en deelde Krap mee wat de vrouw zonet had gezegd.

'Dat krijg je ervan als je de landbouw verwaarloost,' zei Krap en hij nam zuchtend van genot een flinke slok van het bier. 'Je ziet het overal op de wereld gebeuren. Mensen trekken weg van het platteland naar de steden, waar ook geen werk is. Toch is de landbouw het enige wat ons land kan redden. Wij zijn altijd een volk van boeren geweest.'

Als op bevel stonden de paar mannen in overall op en verlieten het café. Toen Krap afrekende, zei de waardin: 'Als ik u was zou ik maar oppassen, de mensen houden hier niet zo van vreemdelingen.'

Het houten zomerhuis van Mauthaan was grasgroen geverfd. Vanbinnen leek het een blokhut met zijn ongeverfde houten wanden vol kwasten, knoesten en nerven. In het midden stond een ook al ongeverfde boerentafel met vier stoelen er omheen. Het zou er gezellig zijn geweest als het niet zo koud was. Gelukkig vond Krap een flinke houtvoorraad in de schuur achter het huis. Ze maakten de kachel aan en na een halfuur konden ze zich van hun jassen ontdoen: Krap van zijn loden jas, Kowalski van zijn met bont gevoerde halflange jas, die hij eens op een markt van een scheel kijkende boer had gekocht. Het bont was nep en toch zat de mot erin. Ze openden een blik bruine bonen en warmden het op het vierpits gastoestel. Er was lange tijd niemand meer in het huisje geweest. Stofdraden aan het plafond begonnen zachtjes te wiegelen toen de warme lucht van de kachel naar het plafond steeg. Buiten begon het al donker te worden. Morgen zouden ze hun studie van de natuur beginnen. Krap ontwierp een plan de campagne. Eerst zouden ze een boswandeling maken om een globaal overzicht van de te bestuderen omgeving te krijgen. In een boekenkastje troffen ze een aantal natuurgidsen aan. Een over bomen, een over vogels en een over viervoeters. Die zouden hun van pas kunnen komen. Ze zouden ze meenemen op hun studietocht. Kowalski bladerde alvast in de vogelgids. Hij bekeek de afbeeldingen van de kleurige vogels, waarvan hij er maar een paar herkende.

'Ik weet eigenlijk niets van de natuur,' zei hij.

'Dat komt omdat wij stadsmensen zijn,' zei Krap. 'Het wordt hoog tijd dat wij onze kennis bijspijkeren.'

'Ik heb vroeger buiten gewoond,' zei Kowalski. 'Het is een misverstand te denken dat buitenlui alles van de natuur weten. Ze hebben er geen oog voor.'

De volgende ochtend liep Kowalski naar het dorp om brood te kopen. De dorpsstraat lag bezaaid met een dik pak bruine bladeren. Overal om hem heen dwarrelden nieuwe bladeren naar beneden. Een stevige wind zorgde voor verdere onttakeling van de bomen. Zo gaat het ieder jaar, dacht Kowalski en hij floot een stukje uit Vivaldi's *Vier jaargetijden*, al wist hij niet uit welk van de vier delen. Hoog in de lucht trokken donkere wolken over. Kowalski hield van de wind. Als kind voelde hij zich altijd behaaglijk als hij op zolder in bed lag en luisterde hoe de wind tussen de dakpannen loeide. Zouden wind en wolken ook volgens een vast systeem over de wereld trekken? Maar ook zonder systeem vond Kowalski het natuurgebeuren al boeiend genoeg.

Toen hij met een bruin brood en een pakje boter terugkeerde, vroeg Krap of het koud was. Nee, koud was het niet, wel winderig.

Bij het ontbijt dronken ze de Ster-koffie, die vroeger iedereen dronk. Kowalski keek niet zonder vertedering naar de afbeelding van een tropische plantage met palmbomen op het lichtblauwe pak dat hij in een van de keukenkastjes had gevonden.

'Ook verdwenen,' zei hij en zette het pak terug op de aanrecht.

'Spijt me niks,' zei Krap. 'Eigenlijk is die Ster-koffie niet te zuipen. Ik gooi er altijd eerst drie scheppen suiker in.'

'Je kreeg er Ster-punten bij,' zei Kowalski. 'Je moest ze van het pak afknippen. Als je er honderd bij elkaar had, kon je in een winkel in de stad gratis een koffiemok krijgen.'

'Die je intussen zelf ruimschoots gefinancierd had,' zei Krap. 'Ook toen al kreeg je niets voor niets.'

'Ach, het was meer het gebaar,' zei Kowalski. 'Zelf heb ik er vier staan. Eigenlijk vijf, maar een is er gebroken.'

Ze namen Kowalski's kleinere rugzak mee, waarin ze de natuurgidsen en Kraps schrift stopten. Je kon het beste ter plekke je waarnemingen vastleggen, had Krap gezegd. Dan trad er zo weinig mogelijk vertekening op. Ze liepen door het bos en keken om zich heen. Overal dwarrelden blaadjes naar beneden. Kowalski haalde de bomengids tevoorschijn en stelde vast dat het bos uit eikenbomen bestond, met hier en daar wat bleke berken ertussen. De gevallen eikels kraakten en knapten onder hun schoenzolen. Na een halfuur hadden ze nog geen vogel of dier gezien. De wind trok met veel geloei boven hun hoofden door de boomkruinen. Vooral de smalle berken hadden het zwaar te verduren. Hier en daar lagen omgevallen bomen, in vorige stormen geveld. Krap sprak over het verband tussen windsterkte en de natuurlijke uitdunning van een bos. Een kleine schakel in het grote geheel. Een zelfregulerend systeem. Ze hoorden verderop in het bos het gefluit van vogels, maar kregen er niet één te zien.

'Misschien moeten we ons ergens verschuilen,' zei Krap. 'We maken zo te veel lawaai.'

Ze stelden zich tussen twee struiken op een heuveltje op. Kowalski keek in de boomgids en stelde vast dat de rode besjes aan de struik voor hem van een lijsterbes waren. Dan moesten er, gezien de naam, vroeg of laat vogels op afkomen. Krap zei dat ze geduld moesten hebben. De natuur was een schrift dat je slechts met de grootste inspanning kon ontcijferen.

'Als je het mij vraagt is het een gesloten boek,' zei Kowalski. 'In welke taal zou het trouwens geschreven zijn?'

'Niet in woorden, maar in verschijnselen,' zei Krap. 'We moeten onze waarneming aanscherpen.'

Maar hoe ze hun ogen ook de kost gaven en rondloerden, er gebeurde niets. Het bos leek al net zo verlaten als het omringende boerenland.

'Misschien zijn de vogels ook naar de stad verhuisd,' opperde Kowalski.

'Veel vogels trekken in deze periode naar het zuiden. Alleen merels, gaaien, kraaien, mezen en vinken overwinteren,' wist Krap.

In de verte deinden mistflarden tussen de boomstammen. Het rook in het bos naar humus en licht rottende bladeren. Krap wees naar de om hen heen neerdwarrelende bladeren. 'Ieder jaar voltrekt zich hier een drama. In doodse stilte. Het sterven in de natuur is geen tragedie. En weet je waarom niet, Kowalski? Omdat bomen, planten en dieren geen besef hebben van tijd, van eindigheid.'

Dat besef had Kowalski wel. Hij begon zich danig te vervelen en de kilte van de grond trok door zijn broek naar zijn billen.

'Misschien moeten wij de vogels lokken,' zei hij. 'Brood strooien. Daar komen ze wel op af.'

'Ik ben Klein Duimpje niet,' zei Krap, al besefte hij dat Kowalski misschien wel gelijk had. Na nog een paar uur vergeefs op vogels of ander gedierte gewacht te hebben besloten ze naar huis terug te keren en een deel van het gekochte brood op te offeren aan hun onderzoek.

Thuisgekomen strooiden ze stukjes brood voor het huisje in het gras en namen binnen op de bank plaats. Het nuttige met het aangename verenigd. Ze zaten warm en hadden een goed zicht op hun proefterrein. Al na tien minuten daalden de eerste vogels neer. Het waren drie kauwtjes. Brood lag er genoeg, maar toch gingen de vogels elkaar met klapperende vleugels te lijf en probeerden ze elkaar te verjagen.

'Solidariteit lijken ze niet te kennen,' zei Kowalski.

Krap maakte een aantekening in zijn schrift.

'Dat komt door de schaarste,' zei hij. 'Als ze eenmaal doorkrijgen dat er genoeg brood is voor allemaal, houden ze vanzelf met dat gedrag op.'

Er kwamen nu twee Vlaamse gaaien bij. Mooi gekleurde vogels met die blauwe plekken op hun vleugels en die zwart omrande ogen. Maar voordat Kowalski de identiteit van de vogels kon vaststellen waren ze alweer gevlogen, weggejaagd door de agressieve kauwtjes. Heel kleine vogeltjes, geel of lichtbruin van kleur, sommige met een roestrode borst hipten rond de strooiplaats en probeerden een kruimeltje mee te pikken als de kauwtjes het even te druk hadden met elkaar of met het verorberen van hun buitgemaakte stukjes brood. Verwoed bladerde Kowalski door het vogelboek, maar steeds kwam hij te laat met zijn identificatie. Met een zucht legde hij het boek ten slotte naast zich op de bank. Alleen wat stilstond in de natuur kon je op je gemak bestuderen. Alles wat bewoog was hem te snel af. Ondertussen gaf Krap zijn ogen de kost en maakte driftig aantekeningen.

'Hun gedrag beantwoordt aan mijn ideeën,' zei hij. 'In de natuur heersen gelijktijdig hiërarchie en concurrentie. Grote vogels hebben meer kansen dan kleine.'

'Kleine vogels kunnen nooit grote worden,' zei Kowalski. 'Eerlijk lijkt het me allemaal niet.'

'Maar ze kunnen er wel een voorbeeld aan nemen,' zei Krap. 'Wie niet sterk is, moet slim zijn. Kijk maar naar die kleine vogeltjes.'

'Gelijkheid lijkt me anders ver te zoeken,' zei Kowalski. De vogels vlogen weg. De buit was binnen.

'Dat is een van de ernstigste misvattingen van de Franse Revolutie,' zei Krap en hij sloeg zijn schriftje dicht. 'Wie dat nastreeft ontkent een van de basisgedragingen van de mens:

zijn drang om zich van anderen te onderscheiden. Die aangeboren drang kun je gebruiken. Wat in het socialisme als Streberei werd gezien, is in wezen de basis voor een nieuwe maatschappij.'

Kowalski had altijd gedacht dat het ideaal van een socialistische maatschappij gelegen was in het streven naar gelijkheid, het laten verdwijnen van verschillen.

Krap schudde zijn hoofd. 'Darwin heeft al aangetoond dat soorten die zich het beste aan een veranderende leefomgeving aanpassen de grootste overlevingskans hebben. Wie vasthoudt aan zijn gedrag, verliest op den duur. The survival of the fittest, zo noemde hij dat.'

'In dat geval heeft de natuur meer weg van het kapitalisme,' concludeerde Kowalski.

'De fout zit hem in het wetenschappelijk onhoudbare idee dat alle mensen gelijk zouden zijn. Je hoeft maar om je heen te kijken om te zien dat dat onzin is. Onderlinge wedijver doortrekt de hele natuur. Je moet die niet proberen te ontkennen, maar juist uitbuiten. Aanvankelijk zal dat leiden tot breidelloos kapitalisme, zoals jij zegt, maar als die wedijver wordt omgebogen binnen een systeem van wederzijdse betrekkingen zal de meer getalenteerde zijn talenten voor de zwakkere inzetten in plaats van ze alleen ten eigen bate aan te wenden. Bovendien stimuleert dat de minderbedeelden om een grotere inspanning te leveren.'

'Hoe dan,' vroeg Kowalski, die bezorgd naar de geslonken broodvoorraad op het aanrecht keek.

'Door die talenten de vrije hand te geven. Iemand die talent heeft om rijk te worden, moet je de kans geven nog rijker te worden. Iemand die van lekker eten houdt, moet je ongelimiteerd de meest luxueuze maaltijden bereiden. Iemand die van vrouwen houdt, moet je van steeds nieuwe voorzien. Op een gegeven moment treedt er verzadiging op. Overdaad schaadt. Dan ontstaat als vanzelf de behoefte met anderen te delen. Het is een bewustwordingsproces.'

'Liefde die door de maag gaat,' zei Kowalski, die het tijd vond om wat te gaan eten. 'Dat is andere koek dan die Verelendungstheorie van Marx.'

'Het is het omgekeerde. Dat zie je vaak bij heldere geesten. Ze zien als in een spiegel: alles verkeerd om.'

Na het middagmaal gingen ze er opnieuw op uit. Ze lieten de natuurgidsen deze keer thuis en doorkruisten het doodstille bos, tot ze aan de bosrand kwamen en uitkeken op de kale akkers die zich tot aan de horizon uitstrekten. Opeens roken ze een stank van stront en ammoniak. De wind was gedraaid en joeg die alles verpestende lucht in vlagen naar hen toe. Kowalski herkende die stank uit zijn jeugd.

'Varkens,' zei hij, 'ergens hier in de buurt moet een varkensboerderij zijn.'

'Erop af,' zei Krap.

Ze liepen tegen de wind in en volgden hun neus tot ze bij een met hekken afgezet terrein kwamen waar een paar honderd varkens bijeenstonden of -lagen. Biggetjes spurtten tussen de volwassen dieren door en maakten blèrende geluiden.

'Zie je die beer daar liggen,' zei Kowalski. 'Hij doet alsof hij ligt te suffen, maar met die kleine oogjes van hem houdt hij alles in de gaten, ook ons.'

'Nu zie je het,' zei Krap. 'Het is mogelijk om binnen een

bepaald afgebakend terrein een functionerende maatschappij te laten bestaan. De enige voorwaarde is: voldoende voedsel en voldoende levensruimte.'

'Daar zorgt de varkensboer voor,' zei Kowalski. 'Niet de natuur of een of andere bovennatuurlijke instelling.'

'Boeren staan dichter bij de natuur. Ze begrijpen meer van de wereld dan politici,' zei Krap. 'Ik heb het je al vaker gezegd, we moeten terug naar de landbouw en de veeteelt.'

Nergens viel trouwens een boer te bekennen. De beer kwam nu op trillende achterpoten moeizaam overeind. Met zijn kop dicht bij de grond snoof hij luidruchtig. Zo op vier poten was het een indrukwekkend dier. De harde haren op zijn rug stonden overeind. De zeugen maakten plaats voor hem, trokken zich terug in de hoeken van het afgezette terrein. Even stond de beer stil, toen leek hij tot een besluit te zijn gekomen en stevende op een van de zeugen af. De zeug bleek niet erg ingenomen te zijn met de keuze van de beer en begon luidkeels te gillen.

'We zijn zo direct getuige van de liefdesdaad,' zei Krap handenwrijvend.

De beer beklom de rug van de zeug en liet zijn voorpoten over haar heen zakken. Zijn achterlijf bewoog schokkend terwijl de zeug maar door bleef gillen.

'De natuur in optima forma,' zei Krap en hij keek voldaan toe hoe de beer de klus klaarde.

'Met liefde lijkt het anders weinig te maken te hebben,' zei Kowalski. 'En al helemaal niet met vrije liefde.'

'Die beer doet wat de natuur van hem vraagt,' zei Krap.

De zeug had zich nu kronkelend onder de zware last van de beer vandaan gewurmd en vluchtte naar een van de hoeken van het terrein. De beer keek wat verdwaasd om zich heen en liet zich toen op de grond zakken.

'Wat sta jij daar nou te staren,' vroeg Krap.

'Ik denk na,' zei Kowalski. 'Waarom nou net die ene zeug?'

'Instinct,' zei Krap. 'Of wou je soms dat hij haar eerst netjes het hof had gemaakt?'

'Maar dan maakt het in wezen niet uit welke zeug hij pakt. Als dat zo is kun je moeilijk nog spreken over een liefdesdaad. Het heeft helemaal niets met liefde te maken, alleen maar met voortplanting.'

'Dacht je dat het bij mensen anders was,' zei Krap. 'Om te verhullen dat iedere man het met iedere vrouw kan doen, en omgekeerd, heeft die zogenaamde beschaving van ons allerlei romantische ideeën in omloop gebracht om de mensen wijs te maken dat er een ideale man of vrouw voor iemand zou bestaan.'

'Maar dan zou het één grote hoerenkast worden,' zei Kowalski.

Krap schudde zijn hoofd. 'Helemaal niet. In een nieuwe maatschappij zal het huwelijk vervangen zijn door de socialistische liefde. De wet van de wederzijdse aantrekkingskracht zorgt ervoor dat er steeds wisselende contacten ontstaan.'

'En iedereen met een geslachtsziekte rondloopt,' zei Kowalski.

Krap wees op de varkens binnen de omheining, waar de rust nu leek teruggekeerd.

'Varkens kennen geen geslachtsziektes,' zei hij. 'Waarom zou dat in de vrije liefde anders zijn?'

'Maar hoe verklaar je dan dat er onder mensen wel venerische ziektes bestaan?'

'Door rassenvermenging,' zei Krap. 'Varkens doen het niet met geiten.'

Kowalski zweeg. Zouden mensen van een ander ras dan zoveel van elkaar verschillen als varkens van geiten? Sommige mensen deden het met dieren, had hij wel eens gehoord. Kowalski besloot het onderwerp verder te laten rusten.

Ze besloten terug naar huis te gaan en een douche te nemen om die alles doordringende stank kwijt te raken.

'Waar je mee omgaat, word je mee besmet,' zei Kowalski lachend.

En zo bleven ze die week de natuur bestuderen. Krap zag overal bewijzen voor het bestaan van een universele wet, van een boek der natuur; Kowalski zag slechts losse voorvallen, een wirwar van vallende bladeren, rondvliegende vogels en door de wind getourmenteerde bomen. Kowalski genoot van de details, Krap van de grote lijnen. Na een week keerden ze allebei tevreden naar K. terug.

[Voordat ik Krap zijn voordeur laat openen en een brief van Toby op de vloermat vinden, moet hier nog een voorval uit het dorp W. vermeld worden, een voorval waarover beiden liever zwijgen.]

Het gebeurde op een zondag. Het gebeier van de kerkklok van de katholieke kerk drong door tot in het huisje van Mauthaan. Krap stak zijn vinger op en spitste zijn oren.

'De kerk,' zei hij. 'Volksvijand nummer één. We moeten erheen.'

'Waarom,' vroeg Kowalski. 'Sinds wanneer ga jij naar de kerk?'

'Nu,' zei Krap. 'Om die mensen op andere gedachten te brengen.'

Kowalski zag niets in het plan, maar wilde zijn vriend niet in de steek laten en dus liepen ze naast elkaar naar de kerk. Onderweg kwamen ze boeren en boerinnen in het zwart tegen; de vrouwen droegen witte kapjes, de mannen glimmende zwarte petten. Iedereen op zijn zondags, behalve Krap en Kowalski, die niet anders dan hun dagelijkse kloffie hadden.

Voor de kerk had zich al een groepje kerkgangers verzameld. Toen Krap en Kowalski aan kwamen lopen zwegen de mannen. Een groepje vrouwen stond wat verderop en keek nieuwsgierig toe. Kowalski herinnerde zich de woorden van de waardin van het café.

Een man met uitpuilende ogen en grote handen, die hij nu demonstratief in zijn zij plantte, vroeg: 'Wat komen jullie doen?'

Kowalski bleef staan, maar Krap liep op de man toe en stak zijn hand uit. De boer met de uitpuilende ogen keek naar Kraps hand, maar haalde zijn handen niet uit zijn zij. Hij verplaatste zijn gewicht van zijn linker- naar zijn rechterklomp en stak zijn kin omhoog. The survival of the fittest, dacht Kowalski. Waar is Krap in godsnaam mee bezig?

'Mijn naam is Krap. Ik heb een blijde boodschap voor u. God bestaat niet. U bent vrij. Ga naar huis en geniet van een welverdiende rustdag.'

Kraps woorden misten hun uitwerking niet, maar op een andere manier dan hij had verwacht. Twee jonge boeren kwamen met gebalde vuisten op hem af en sloegen Krap zonder pardon tegen de grond. Daarna begonnen ze hem te schoppen. Kowalski riep dat ze op moesten houden, maar zoals gewoonlijk werd er niet naar hem geluisterd.

'Vuile stadsen,' riep iemand. 'Ga terug naar waar jullie vandaan komen.'

'Fascisten,' riep een ander en gooide een appel in Kraps richting.

'Socialisten,' riep weer een ander. 'Maak dat jullie wegkomen.'

Kowalski had daar wel oren naar, maar hij wilde niet weglopen zonder Krap, die moeizaam overeind krabbelde en bloed uit een mondhoek veegde.

Kowalski keek achterom. Gelukkig kwamen de boeren hen niet achterna.

'Overal ontmoet je tegenstand,' zei Krap, die een beetje hinkte. 'Ik ben eraan gewend, maar eens zullen ook bij hen de schellen van de ogen vallen.'

Kowalski moest weer aan zijn oudtante denken, die bij de Jehova's getuigen was. Zij bezigde dezelfde taal.

'Ze zijn te beklagen,' zei hij, 'maar het is het enige wat die arme mensen op de been houdt. Laat ze toch.'

'De godsdienst houdt de mensen dom,' zei Krap met ferme stem.

'De meesten zijn dat al vanaf hun geboorte,' antwoordde Kowalski.

Haha, die Krap! Wie had gedacht dat je me ooit nog eens zo'n brief
zou schrijven? Bijna op je knieën. Wat is er in je gevaren? Van je
geloof gevallen? Nee, dat is flauw van me. Ik begrijp dat je behoor-
lijk in de puree zit nu ze het Liftenmuseum gesloten hebben en jij
op straat staat. Een kind kon zien dat het nooit wat zou worden
met die socialistische heilstaat. Als sneeuw voor de zon verdwenen.
Alle voortekenen wezen daarop, al jaren. Maar jij wilde het niet
zien. Maar goed, genoeg gezeurd over het verleden. Natuurlijk kun
je hierheen komen. Misschien dat je hier werk kunt vinden, al zal
dat niet makkelijk zijn. Maar waar een wil is, is een weg, zoals jij
altijd zei. Ik stuur je hierbij een cheque van duizend euro, genoeg
voor de reis van jou en je 'secretaris'. Sinds wanneer heeft een werk-
loze liftinspecteur trouwens een 'secretaris'? Of stamt die functie
nog uit de tijd dat iedereen een baantje moest hebben, hoe onbenul-
lig ook? Een arbeidersparadijs met werklozen, nee, dat kon natuur-
lijk niet. Denk er wel aan dat je aan de grens niet zegt dat je op
zoek bent naar werk. Jullie moeten je voordoen als toerist, wat jullie
tenslotte ook zijn. Koop voor het geld in ieder geval retourbiljetten.
Zonder een geldig retourbewijs kom je hier de grens niet over. Bel zo
gauw je in Amsterdam bent. Het kan zijn dat ik er niet ben, maar
dan neemt Johan de honneurs waar. Er is ruimte genoeg om jullie te
logeren te hebben. Het bevalt me hier nog steeds heel goed. Over ons
vroegere vaderland staat hier nooit meer iets in de krant. Nu het bij
het Buurland is gevoegd, heeft iedereen zijn interesse verloren. Soms

kost het moeite om me te herinneren dat ik ooit in K. gewoond heb,
ja, dat de stad K. bestaat. Ik hoor van je. Toby

3

De koffer van Krap is van kunststof, bekleed met een bruin plastic laagje dat de suggestie moet wekken dat we hier met een koffer van echt leer te maken hebben. Krap herinnert zich die koffer nog maar al te goed. Op de dag dat Toby hem verliet, trof hij bij thuiskomst deze koffer met opengeslagen deksel midden in de woonkamer aan. Toby had kennelijk op het laatste moment besloten op haar vlucht een kleinere koffer mee te nemen. In zijn woede had hij het deksel van de koffer dichtgegooid en hem onder het bed geschopt, waar hij hem nu onder vandaan trok. Er lag een dikke laag stof op. Met een dweiltje nam hij de koffer af en deed hem toen open. In de koffer lag een gevlamd benen haarkammetje, bruin. Dat was waarschijnlijk bij het overpakken van haar spullen in de haast uit haar haar gegleden. Krap besloot het kammetje mee te nemen om het bij gelegenheid met een vals lachje aan haar te overhandigen. Hij pakte het kammetje uit de koffer, wreef met zijn vingers over de vijf tanden en bracht het toen naar zijn neus. Maar ook de geur van Spreeuws haar was vervlogen. Hij liet het op de bodem terug vallen.

Kowalski's koffer was van gevlochten riet en kon met twee leren riemen aan weerskanten worden dichtgesnoerd. Zo'n koffer heette vroeger een valies. Met dit valies was Kowalski meer dan twintig jaar geleden vanuit zijn geboortedorp naar

K. gereisd. Eerst had het valies achter in de voorthobbelende kar van een vrachtrijder gelegen en daarna in het bagagenet van een lokaal boemeltje dat hem naar K. had gebracht. Sinds die reis had het valies geen dienst meer gedaan. Ook Kowalski's valies, dat onder een lichtgele deken in zijn kleerkast verstopt lag, zat onder het stof en ook hij boende het met een vochtige lap zo goed mogelijk schoon.

Voor het eerst zouden zij het Thuisland verlaten. Ze hadden om half zeven 's avonds in de stationshal afgesproken. Het sneeuwde licht en toen ze het station binnen gingen lag er een dun laagje poedersneeuw op de schouders van hun jassen: op de loden jas van Krap en op de beige winterjas van Kowalski, die rond de zakken met stukjes stof van een afwijkende kleur door een kleermaker twee straten verderop nogal slordig was gerepareerd. Met zijn rieten valies en zijn verstelde jaszakken zag Kowalski eruit als een provinciaal, maar Krap besloot er voorlopig niets van te zeggen. Krap kocht de kaartjes – hij beheerde als vanzelfsprekend de kas. In de hoofdstad van het Buurland, die nu ook hun hoofdstad was, zouden ze om elf uur moeten overstappen op de internationale trein naar Amsterdam. Zouden ze hun paspoorten moeten laten zien, de grasgroene van het Thuisland die nu als geldig reisdocument voor de kersverse inwoners van het Buurland golden?

Toen de trein uit K. vertrok leek het alsof zij een nachtelijke tunnel binnen reden. Nergens in de wijde omtrek brandde licht. Kowalski sloot algauw zijn ogen. Op het ritme van de over de raillassen voortdenderende treinwielen dommelde hij weg. In zijn droom reed hij de andere kant op, naar het oosten, naar het dorp waar hij eens vandaan was gereisd. In zijn droom stonden de bomen langs de spoorbaan vrolijk met hun groene bladeren naar hem te wuiven. Was hij op weg naar huis? Maar zijn vader en moeder waren toch allang dood? Met een schok werd hij wakker. Toen was hij een jongeman geweest, boordevol dromen over de toekomst, nu was hij een man van middelbare leeftijd van wie de ouders kort na elkaar aan kanker waren overleden. En net als toen was hij zenuwachtig over wat hem daar in den vreemde te wachten stond. Hij begreep het niet goed, maar op dat moment miste hij zijn ouders, zag hij hun smalle gezichten met pijnlijke scherpte voor zich. Opnieuw sloot hij zijn ogen. De eens zo vertrouwde gezichten vervaagden en verdwenen toen geheel.

Krap kon de slaap niet vatten. Hij tuurde in het duister. Zo nu en dan raasde de trein langs verlaten stationnetjes. In een flits zag hij de zwak verlichte en verlaten wachtkamers met hun verschoten dienstregelingen en scheef hangende affiches voorbijsnellen en achterwaarts in het verleden oplossen. Om deze tijd reden er praktisch geen treinen. Opnieuw begon het te sneeuwen. De dichte vlokken kleefden even tegen het coupéraam en zakten daarna traag wiegelend naar beneden om onder de zwarte raamsponning uit het zicht te verdwijnen.

In G. stopte de trein een minuut of vijf, maar er stapte niemand hun coupé binnen. Dat speet Krap want nu Kowalski sliep had hij niemand om tegen te praten. Ook hij was lichtelijk zenuwachtig. Je kon wel denken dat je je leven in eigen hand had, maar uit ervaring wist hij dat omstandigheden waarin je door het toeval verzeild kon raken, vaker dan door je eigen wil, je koers bepaalden.

Toen ze in de hoofdstad van het Buurland aankwamen, maakte Krap Kowalski wakker. De internationale trein stond op het tegenoverliggende perron. Ze knipperden tegen al het licht om hen heen. Ten slotte vonden ze een plaatsje in een van de achterste wagons. Deze trein was een stuk drukker. Krap en Kowalski zaten tegenover elkaar voor het raam. Vlak voordat de trein vertrok kwam een heer met glimmende zwarte handschoenen naast hen zitten. Zijn koffertje op wieltjes zette hij in de bagageruimte naast de ingang van het rijtuig. Terwijl hij de coupé binnen kwam trok hij zorgvuldig een voor een zijn handschoenen uit. Er kwamen twee bleke slanke handen tevoorschijn met glanzende nagels. De man had een kleine mond, waarvan de lippen voortdurend in beweging waren alsof hij in gedachten sprak. Krap kon er zijn ogen niet van afhouden en toen ze eenmaal goed en wel vertrokken waren richtte hij in het Engels het woord tot de onbekende heer.

'Gaat u ook naar Amsterdam?'

De man schudde zijn hoofd.

'Ik moet naar Hengelo,' zei hij.

Krap nam aan dat dat ook een stad in Nederland was. Het Engels van de heer was beter dan het zijne. Kowalski knikte zo nu en dan, al had de heer verder niets gezegd. Kowalski bekeek zijn gezicht aandachtig. Het zag er onrustig uit, zorgelijk. Zijn voorhoofd trok vol rimpels en van tijd tot tijd trilde zijn linker mondhoek in een soort zenuwtic. Misschien had de man problemen en daarom vroeg

Kowalski: 'Voelt u zich wel goed?'

De heer trok zijn wenkbrauwen op.

'Hoezo?'

'U ziet eruit alsof u een probleem heeft.'

Krap keek al even verbaasd als de heer naar Kowalski. Waarom vroeg hij dat?

De man lachte.

'Wie heeft er geen problemen. En u?'

Kowalski glimlachte. 'Wij zijn op weg naar Amsterdam. Vroeger mochten wij niet reizen, maar sinds het Thuisland in het Buurland is opgegaan zijn wij vrij om te gaan en te staan waar wij willen.'

'Daar komt u dus vandaan.' De heer stond op en knoopte zijn donkerblauwe jas open, keek even om zich heen en hing die toen tegenover hem aan een haakje boven een lege zitplaats. Krap en Kowalski keken tegen een zuurstokroze overhemd aan. Een tijd lang werd er door de drie niets meer gezegd. Krap staarde naar buiten. In het Buurland brandde 's nachts overal licht, zelfs in lege fabriekshallen en kantoorgebouwen. Typische verspilling van een op hol geslagen consumptiemaatschappij. Kowalski stond op, tilde zijn valies uit het bagagerek en maakte de riemen los. Hij haalde een stuk worst en een mes tevoorschijn en begon dikke plakken van de worst af te snijden. Hij bood de heer een schijf aan, die vriendelijk glimlachend een afwerende hand opstak tegen het op het mes balancerende stuk glimmende worst.

'Zulke koffers zie je tegenwoordig niet meer,' zei de heer. 'Mijn vader had er ook zo een. Hij moet nog ergens bij mij op zolder staan.'

Kowalski sloot het valies en legde het terug. Krap nam een

stuk worst. De worst was droog en zout en daarom kocht hij een fles mineraalwater bij een karretje dat op gezette tijden rammelend voorbij werd geduwd door een lichtgetinte jongeman in een paars glimmend jasje. De heer in het roze overhemd nam een flesje rode wijn. Hij goot de wijn in een bijgeleverd plastic bekertje en smakte na de eerste slok met zijn dunne lippen.

Hij bestudeerde het etiket en zei: 'Het is beter dan niets.' Hij keek op zijn horloge. 'Over een uur of vier bent u in Amsterdam. Ik moet nog anderhalf uur.'

'U reist zeker veel,' vroeg Kowalski.

'Als het zo uitkomt,' zei de heer. 'Eigenlijk zit ik liever thuis. Maar ja, het werk.'

'Wat voor werk doet u,' vroeg Krap, die nu de kans zag om een serieus gesprek te beginnen.

'Vliegtuigturbines, straalmotoren. Ik test ze voor ze de fabriek verlaten.'

'Ik ben liftinspecteur,' zei Krap.

'En u,' vroeg de heer, naar Kowalski kijkend.

'Distributeur,' zei Kowalski.

Daar nam de heer in het roze overhemd geen genoegen mee.

'Distributeur van wat?'

'O, van alles. Distribueren is een vak op zich. Het doet er niet toe wat men distribueert, als men het maar volgens de juiste methode doet.'

De heer lachte. 'Ik hoor het al, u komt uit het land van de planeconomie. Maar economie valt niet te plannen. Het is een spel van vraag en aanbod waarvan zelfs de spelregels voortdurend veranderen.'

'Kapitalisme,' zei Krap op een toon alsof hij de naam een besmettelijke en gevaarlijke ziekte uitsprak.

'Noem het zoals u wilt,' zei de heer welgemoed en hij nam nog een slok wijn. 'Dit jaar hebben wij goed gedraaid, maar dat zegt niets over het komende jaar. De markt kan verzadigd raken, concurrenten kunnen een deel van je marktaandeel afkapen, er kunnen zich onvoorziene omstandigheden voordoen.'

'Als distributeur richt ik me altijd op marktonderzoek,' zei Kowalski. 'Onze prognoses klopten bijna altijd.'

'Misschien gaat dat op voor de binnenlandse markt, maar wereldwijd gezien is dat onmogelijk,' zei de heer. 'Er zijn in ons land al heel wat takken van industrie verdwenen. Eerst de mijnbouw, toen de textiel en onlangs de scheepvaart. Wie het goedkoopst produceert, haalt de opdrachten binnen.'

'En de landbouw,' vroeg Krap. 'Gelooft u ook niet dat de landbouw de basis van een gezonde economie is?'

'Die wordt in Nederland met behulp van enorme subsidies kunstmatig in stand gehouden. Zonder die subsidies zouden die boerenbedrijven wel kunnen sluiten.'

'Omdat ze te groot zijn,' zei Krap.

'Kleine bedrijven renderen al helemaal niet. Op geen enkel terrein. Het is niet voor niets dat je overal fusies ziet ontstaan. Als je iets van economie wilt begrijpen moet je de geldstromen volgen. Wie leent van wie, wie koopt wie op.'

'Geld,' zuchtte Kowalski. 'Alles draait om geld.'

'Geld houdt de boel in beweging,' zei de heer, sloeg zijn benen over elkaar en sloot zijn ogen.

In Hengelo ging hij eruit. Hij wenste Krap en Kowalski het beste toe.

'Kijk uit als u in Amsterdam bent. Het wemelt daar van de zakkenrollers.'

Toen ze in Amsterdam uitstapten was het half zeven in de ochtend, nog te vroeg om Toby en Johan te bellen. In de stationsrestauratie bestelden ze allebei een uitsmijter. Ze verwonderden zich over het feit dat niemand tijdens de reis naar hun papieren had gevraagd. Het was alsof grenzen opeens niet meer bestonden. Krap en Kowalski hadden geen notie van het land waar ze waren terechtgekomen. Vage ideeën over water en dijken, tulpen en klompen. Voorlopig viel van dat alles niets te merken. Bij het vvv-kantoor op het perron hadden ze een kaart van Amsterdam meegekregen. Krap schoof de lege borden opzij en vouwde de kaart op tafel uit. Krap hield van kaarten, net als van dwarsdoorsneden en opengewerkte tekeningen. Ze waren duidelijk, ondubbelzinnig. Een stad bestond uit een wirwar van straten en pleinen maar als je de plattegrond las, werd alles helder en overzichtelijk. Kowalski zat tegenover hem en zag de kaart dus op zijn kop. De grachtengordel in het midden van de kaart zag er vanuit zijn gezichtspunt als een stel achter elkaar gelegde hoefijzers uit. Krap zocht de Willemsparkweg op met behulp van het stratenregister aan de achterkant van de kaart. Zijn dikke vinger vond de straat en keerde toen terug naar het Centraal Station.

'Lijn 2,' zei hij na enig nadenken, 'we moeten lijn 2 nemen.'

De tram was moderner dan de trams in K., maar schudde bij elke bocht zo vervaarlijk dat het valies van Kowalski over de tramvloer naar voren schoof en tot stilstand kwam tegen het lichtbruine lijf van een liggende hond, die beledigd overeind kwam en een nieuwe ligplaats opzocht.

Ze stapten bij de Van Baerlestraat uit. Achter hen zagen ze het Rijksmuseum liggen. Op de voorgevel hing een enorm doek dat rimpelde in de strakke wind. Op het doek was de handtekening van Rembrandt gereproduceerd. Het was hier minder koud dan in het Thuisland, maar toch huiverden ze in hun jassen waarvan ze de kraag opzetten. Krap raadpleegde Toby's brief. Nummer 223.

Op nummer 223 was Reisbureau Rapido gevestigd. In de etalage voer een kinderzeilboot op kartonnen golven. Aan weerszijden van de winkelruit hing een langwerpig goudkleurig plakkaat waarop buitenlandse reizen werden aangeboden. Berlijn, Costa Rica, Marokko, Kreta. Kowalski prevelde de namen en realiseerde zich hoe weinig hij van de wereld had gezien. Krap loerde tussen de plakkaten het reisbureau binnen. Achter een lange balie zag hij een man met golvend blond haar en een blauwe blazer druk in gesprek met een jongen en een meisje die zich vooroverbogen over een op de toonbank uitgevouwen folder. Toby was nergens te bekennen.

'Laten we wachten tot er geen klanten meer zijn,' zei Krap.

'Ik zou wel een biertje lusten,' zei Kowalski en hij wees op een café aan de overkant.

'Dat ruik je,' zei Krap. 'Misschien denken ze dan dat wij onderweg gezopen hebben.'

Kowalski knikte schuchter. Ze voelden zich timide, buitenlanders. Om hen heen heerste een andere taal, die soms iets van de hunne had, maar toch niet viel te begrijpen.

Toen de jongen en het meisje, gewapend met een plastic tas vol kleurige folders, ten slotte vertrokken, stapten Krap en Kowalski naar binnen.

De man met het golvende blonde haar stond op en vroeg wat hij voor hen kon betekenen. Tenminste, ze vermoedden dat hij zoiets vroeg. Hij had een jongensachtig uiterlijk, zijn wangen glommen alsof hij ze had opgewreven.

'Wij zijn Krap en Kowalski,' zei Krap in het Engels. 'Vrienden van Toby.'

'Ze is achter. Ik ga haar halen,' zei de man.

Niet dat hij ongeschoren was, maar rond zijn kaken schemerde een donker waas. Dat zou die Johan wel zijn waarover Toby in haar brieven had geschreven. Johan die zijn, Kraps plaats had ingenomen. Krap snoof luidruchtig.

'Het lijkt hier wel een kapperswinkel,' zei hij.

Kowalski keek om zich heen.

'Ik bedoel die lucht. Misschien is die Johan wel een flikker.'

Op dat moment ging er achterin een deur open en kwam Toby binnen.

[Hier moet ik even pauzeren om te pogen inzicht te verschaffen in wat zich op dat moment binnen in Kowalski begon te voltrekken. Daar stond ze in de deuropening, Toby. Een bos rode krullen en door mascara omrande groene ogen. Het mouwloze T-shirt met schuine blauw-witte banen liet haar schouders en bovenarmen bloot zodat wij eindelijk begrijpen waarom Krap haar de bijnaam Spreeuw had gegeven: die bruine schouders met de uitstekende sleutelbeenderen waren overdekt met een netwerk van sproetjes. Haar lange benen staken in een gloednieuwe spijkerbroek. Krap stelde tot zijn ongenoegen vast dat ze er jonger en beter uitzag dan toen ze hem had verlaten. Maar terug naar Kowalski.]

Hij staarde Toby aan. Toch zag hij haar niet, niet zoals ze daar als Toby stond, maar als iemand van heel lang geleden, een meisje van tien, Fiona. Hij had met haar aan de oever van een vervuilde beek gezeten. Hij had van opzij naar haar rode haren gekeken, naar de sproetjes rond haar neus, en was volgelopen met een gevoel dat zich maar op één manier kon uiten: door zich voorover te buigen en haar op haar wang te kussen. Ze had zijn kus beantwoord door hem kort over zijn haar te strelen. Toen was ze opgesprongen en weggerend. Kowalski was twaalf. Nu was hij vijfenvijftig en liep hij opnieuw vol met datzelfde gevoel zonder eraan toe te kunnen geven.

Tot op de dag van vandaag had hij dat gevoel niet meer gehad. In het gezelschap van vrouwen keek hij naar de grond of wendde zijn blik af, bang van zijn stuk te worden gebracht, in een verwarring die hij niet de baas zou kunnen. Je hebt geen vrouwenvlees, had Krap wel eens schamper tegen hem gezegd.

[Ik zet de scène weer in beweging. Toby die een paar passen naar voren doet en dan haar armen om Kraps nek slaat. Ze zegt iets, met haar lippen tegen Kraps wang gedrukt, zodat ik niet versta wat zij zegt. Daarna geeft ze Kowalski een hand. Kowalski die daar maar staat en staart. Op de achtergrond zit Johan aan zijn bureau te telefoneren. Kijkt op noch om. Toby stelt Kowalski een vraag:]

'Hoe zei je ook alweer dat je heette?'
Kowalski herhaalde zijn naam. Zijn keel was kurkdroog. Hij slikte een paar keer nadrukkelijk.

Toby liep naar Johan toe, legde een hand op het spreek-gedeelte van de hoorn en zei dat ze Krap en Kowalski hun kamers ging wijzen. Met hun koffers liepen ze achter haar aan, haar kantoortje binnen en toen door een openstaande deur een trap op en daarna nog een. Ze hijgden. Toby draaide zich op de overloop om en keek minzaam lachend toe hoe de twee hun koffers de laatste trap op zeulden. Kowalski keek naar haar kleine voeten in zwarte suède schoentjes. Toby maakte de achterste deur in de gang open. Ze kwamen in twee in het verlengde van elkaar gelegen kamers. De achter-kamer keek uit op tuinen en de balkons van de huizen aan de overkant, de kamer aan de voorkant op de Willemsparkweg, waar net een tram voorbij reed. Krap zette zijn koffer neer. Hij hijgde.

'We hebben hier helaas geen lift, Krap,' zei Toby.

In de achterkamer stond een tweepersoonsbed, in de voorkamer een ronde lage tafel met drie versleten bordeauxrode crapauds eromheen. Aan de overkant van de gang waren nog een wc en een badkamer. Toby zou hun die later wijzen. 'Nu gaan we naar onze verdieping,' zei ze. 'Jullie zullen wel honger en dorst hebben.'

Honger hadden ze niet, maar dorst wel.

In tegenstelling tot de bovenste verdieping stonden de kamers beneden vol meubels en kasten.

'Johan houdt van antiek,' zei Toby.

Krap zag hoopjes zaagsel achter een van de ruitjes van een dressoir op balpoten liggen.

'Daar zit de houtworm in,' zei hij.

'Niets blijft gespaard,' antwoordde Toby. 'Wat vinden jullie van Amsterdam?'

'We hebben nog niets gezien,' zei Krap. 'We zijn meteen vanaf het station hierheen gekomen.'

'Morgen zal ik jullie de stad laten zien,' zei Toby en ze leek iets tussen haar bewegende rode krullen te zoeken. Krap moest aan het kammetje in zijn koffer denken. En Kowalski staarde Toby opnieuw aan.

Ze trok haar wenkbrauwen op, steunde haar kin in haar rechterhand en vroeg Kowalski: 'Heb ik soms iets van je aan?'

Kowalski kreeg een kleur, schudde zijn hoofd en keek snel naar de vloer. Toby zag dat ze de schriele man tegenover haar in verlegenheid had gebracht en zei daarom: 'Dus u bent Kraps secretaris?'

'We zijn vrienden,' zei Kowalski. 'Elkaars gelijken.'

Toby legde haar blote armen op tafel.

'Ja ja, dat kennen we. We waren allemaal elkaars gelijken in het Thuisland. Alleen bleken sommigen meer gelijk dan anderen, nietwaar Krap?'

'Laten we het daar nu niet over hebben,' zei Krap. 'We zijn hier gekomen om te werken.'

Toby's gezicht betrok.

'Dat zal niet makkelijk zijn,' zei ze. 'Jullie spreken geen Nederlands.'

'Dat kunnen we leren,' zei Kowalski en hij dacht even aan het ideaal van het Esperanto, dat hem nu mijlenver van de werkelijkheid verwijderd leek.

Toby greep de tafelrand vast. 'Enfin, eerst gaan we maar eens een paar dagen relaxen. Daarna kunnen jullie nog altijd naar het arbeidsbureau.' Ze keek op haar polshorloge. 'We gaan naar het café. Het is nog een beetje vroeg, maar koffie-huizen hebben we hier niet.'

Ze trokken hun jassen aan. Toby keek naar de verstelde zakken in Kowalski's jas.

'Zo kun je straks niet solliciteren. Ik heb ergens nog wel een jas van Johan hangen.'

Kowalski voelde zich gedegradeerd tot tweederangsbur-ger, maar hij moest toegeven dat de cameljas waarmee Toby kwam aanzetten hem onverwacht aanzien gaf. Je kon opeens niet meer zien dat hij uit het Thuisland kwam.

Ze liepen door het reisbureau naar buiten. Johan zou zich over een uurtje bij hen voegen. Schuin aan de overkant lag het café waar Kowalski al eerder heen had gewild.

Het was een klein café met een serre vol tafels en stoelen, de meeste onbezet. Ze gingen voor het raam zitten en bestelden bier. Krap en Kowalski zaten tegenover Toby, die haar leren jack over de stoelleuning naast zich hing en toen naar buiten wees.

'Zie je die gedistingeerde oude heer daar lopen, met die snor? Dat is een van de bekendste dichters van dit land. Er wonen hier in de buurt veel beroemde mensen. Nu ja, beroemd in Nederland dan. Daar aan dat tafeltje bij de wc zit een journalist die altijd liefdesverdriet heeft omdat hij niet de ware kan vinden.'

'De ware bestaat niet,' zei Krap.

'Ik heb je anders wel eens wat anders tegen mij horen beweren,' zei Toby.

'Dat was toen,' zei Krap, 'toen ik nog niet beter wist. Het huwelijk is een gevangenis.'

'Ik ben anders niet van plan met Johan te gaan trouwen, als je dat soms denkt.'

'Ik bedoel het niet persoonlijk,' zei Krap. 'Het is een van de instrumenten van de macht om de mensen eronder te houden.'

'Ha, de vrije liefde. Je weet toch wat Lenin na de revolutie als eerste afschafte?'

'Lenin was net als de anderen,' zei Krap, 'belust op macht.'

'Wij zijn geen communisten,' zei Kowalski. 'Voor het geval u dat soms dacht.'

'Zeg toch gewoon je,' zei Toby. 'Eén ding. Als Johan straks komt wordt er niet over politiek gesproken. Ik weet hoe moeilijk dat voor jullie is. Vroeger deed ik ook niets anders, maar sinds ik hier woon heb ik andere dingen aan mijn hoofd.'

'Zoals,' vroeg Krap.

'Rapido,' zei Toby.

'Johan zal je bedoelen,' zei Krap.

'Nu niet vervelend worden, Krap. Je bent hier tenslotte op uitnodiging.'

Kowalski knikte bevestigend. 'Toby heeft gelijk,' zei hij. Krap keek hem vanuit de hoogte aan, maar hield verder zijn mond.

'Je zult het zelf ontdekken,' zei Toby, 'wat het is om vrij te zijn. Dat niemand je controleert, je stuurt.' Krap zweeg. Daar werd Toby onrustig van. Ze keek om zich heen. Kowalski was bang dat ze een eind aan het gesprek zou maken en hij wilde maar één ding: voor altijd met haar aan tafel zitten. In haar rood gelakte nagels weerkaatste de cafélamp boven hun hoofd. Er begonnen nu steeds meer mensen binnen te komen.

'Het is een echt buurtcafé,' zei Toby. 'Johan heeft mij verteld dat er eerst een alcoholische kroegbaas in stond die alleen maar bier en jenever schonk. By the way, hebben jullie trek in een borrel?'

Ze wachtte hun antwoord niet af. Zo moest een vrouw zijn, dacht Kowalski. Kordaat. Doortastend.

Toen Johan bij hen aan tafel kwam zitten, werd er alleen nog maar in het Nederlands over het reisbureau gesproken. Rapido dit, Rapido dat. Krap kon een geeuw niet onderdrukken en ook Kowalski voelde zijn ogen branden.

Bij een Italiaans restaurant iets verder in de straat aten zij een pizza. Quattro Stagioni heette het restaurant en Kowalski was blij dat hij die naam kon thuisbrengen. 'Vivaldi,' zei hij. 'Dat is mooie muziek.'

'Zolang de pizza's oké zijn,' zei Johan, 'vind ik dat ook.'

Krap en Kowalski waren in de loop van de tijd goede vrienden geworden, maar om samen in een tweepersoonsbed te slapen was toch nieuw voor hen. Onwennig bekeken ze elkaar in ondergoed. Kowalski leek in zijn interlockje nog ieler en Kraps buik stak prominent naar voren nu die niet langer onder zijn ruim vallende overhemd schuilging. Toen Krap het licht aan zijn kant van het bed had uitgedaan, liet hij een scheet en zei toen: 'Let's make things better.'

'Hoe kom je daarbij,' vroeg Kowalski. 'Waarom praat je opeens Engels tegen me?'

'Dat zag ik overal in de stad op affiches staan. Dat is wat wij toch ook willen, dat dingen beter worden.'

'Dat is maar reclame,' zei Kowalski in het donker. 'Net als: "een hogere productie is in ieders belang".'

Krap draaide zich op zijn zij. Na een paar diepe zuchten sliep hij. Hij had besloten dat hij ging slapen en dus sliep hij nu. Alsof hij een knop in zichzelf omdraaide. Kowalski kon de slaap niet vatten. Hij lag op zijn rug en luisterde naar de regen op het dak. Opeens zag hij haar voor zich. Ze lonkte met haar groene ogen, een hand schoof de rode krullen van haar voorhoofd. Tussen zijn benen kwam Kowalski tot leven. Nog even en hij had haar uitgekleed, zag het roodbruine toefje tussen haar dijen verschijnen. Hij pakte zijn lid vast, maar liet het meteen weer los. In het bijzijn van Krap durfde hij zich niet aan zijn droom over te geven. Hij draaide zich van Krap af en sloot zijn ogen.

Door het kraken van het bed werd Krap wakker. 'We moeten oefenen voor morgen,' zei hij. 'Ons Engels is niet goed genoeg. Met Toby kunnen we onze eigen taal spreken, in de buitenwereld moeten we ons met Engels zien te redden.'

'Moeten we dan echt alles opgeven,' zei Kowalski.

'Let's make things better,' mompelde Krap nog een keer met slaperige stem.

Wat doen toeristen in Amsterdam? Hetzelfde. Kowalski had nog nooit zoveel verschillende talen om zich heen horen spreken. Een ware Toren van Babel. Ook had hij nog nooit zoveel Japanners gezien. Of waren het misschien Chinezen? China mocht dan communistisch zijn, er schenen steeds meer nieuwe rijken vandaan te komen. Hoe kon dat? Door Confucius, zei Krap. Confuusius? Confucius was een Chinese wijsgeer en staatsman. Hij was idealist en realist tegelijk. Hoe dat kon, vroeg Kowalski zich af. Dat was toch met elkaar in tegenspraak? Voor Confucius niet, zei Krap. Misschien vandaar die naam, veronderstelde Kowalski, die zelf ook nogal in de war was geraakt bij die gedachte.

Toby nam hen mee op een rondvaartboot. Terwijl Toby en Krap gehoorzaam de aanwijzingen van de gids volgden en hun hoofden nu eens naar rechts en dan weer naar links draaiden, keek Kowalski alleen maar naar haar, naar Toby. Omdat de zon door het glazen dak van de rondvaartboot scheen glansden haar rode krullen, die zachtjes bewogen als zij haar hoofd draaide. Hij wilde haar aanraken, al zag hij in dat dat verlangen absurd was. In ieder geval moest hij niets laten merken. Zo nu en dan vroegen ze wat hij van het een en ander vond en dan zei hij maar dat hij het mooi vond, heel interessant.

Na de rondvaart bezochten ze het Rijksmuseum. Kowalski bleef voor een groot schilderij van Rembrandt staan. Een vrouw stond met haar onderbenen in het water en schortte met één hand haar nachtgewaad tot halverwege haar dijen op. Waar dacht zij aan? Raar dat een schilderij die vraag bij hem opriep. De veelgeroemde *Nachtwacht* kon Kowalski niet bekoren. Krap vond het een pracht van een schilderij. Toen Toby vroeg waarom, zei Krap: 'Weet je niet meer dat we thuis een koektrommel hadden met dat schilderij erop?'

Toby keek hem ongelovig aan. 'Echt?'

'Er zaten chocoladekoekjes in met het gezicht van Rembrandt erop. Als je erop sabbelde verdween het.'

'Kunst als consumptieartikel,' zei Toby.

'Soms moet je een omweg maken om het volk met kunst in aanraking te brengen,' zei Krap. 'Ook culinaire geneugten en zoetigheid horen bij de cultuur.'

'De kunst van het koken,' zei Kowalski, die thuis een boek met die titel had staan, maar het nooit had opengeslagen.

Die avond aten Krap en Kowalski een gerecht dat zij niet kenden, boerenkool met rookworst.

'Een echt wintergerecht,' zei Johan met van vet glanzende lippen.

Na het eten bespraken ze het bezoek dat Krap en Kowalski de volgende dag aan het arbeidsbureau zouden brengen.

'Als ze jullie naar je verleden vragen, dan houd je je zoveel mogelijk op de vlakte,' zei Johan. 'Je zegt dat je je nooit voor politiek hebt geïnteresseerd.'

Krap en Kowalski zwegen gehoorzaam.

'Jullie zijn gewoon een liftinspecteur en een distributeur uit het voormalige Thuisland, meer niet.'

Het voormalige Thuisland. Het was de eerste keer dat ze hun vaderland zo hoorden noemen. Door het woordje voormalig leek het nog verder in de tijd terug geworpen.

De volgende ochtend bogen zij zich na het ontbijt over de plattegrond van Amsterdam. Johan stond achter hen en wees hen met een slanke vinger de weg. 'Lijn 2 tot de Amstelveenseweg. Dan een eindje naar links lopen tot het Haarlemmermeerplein en daar bus 15 pakken naar Slotermeer. Bij het eindpunt zie je het arbeidsbureau direct liggen. En vergeet vooral jullie paspoorten niet.' Johan keek naar buiten, stelde vast dat het regende en liep de kamer uit. Even later kwam hij terug met twee hemelsblauwe paraplu's.

Toen Krap en Kowalski op straat de paraplu's openklapten zagen zij wat erop stond: 'Reisbureau Rapido'.

'Denk aan je Engels,' zei Krap.

'Aan ons accent horen ze heus wel dat wij uit het Buurland komen,' zei Kowalski. 'Voormalig Thuisland' kon hij niet over zijn lippen krijgen.

In de neonverlichte hal van het arbeidsbureau klapten ze hun blauwe paraplu's in en liepen naar een hokje waarboven een bordje met het woord 'informatie' hing. Aan een besnorde jongeman in een grijs overhemd legden zij het doel van hun komst uit. De jongeman wees op een automaat midden in de hal.

'Eerst een nummertje trekken en dan plaatsnemen op een van de banken. Als u aan de beurt bent verschijnt uw nummer daar recht boven die rij kantoortjes.'

Krap trok een nummertje. Ze gingen zitten, de paraplu's tussen hun knieën. Er zaten veel mensen te wachten, de meesten een stuk jonger dan zij en donkerder van huidskleur. 'Allemaal buitenlanders,' zei Krap. 'Slecht opgeleid, dat zie je zo.'

Kowalski keek naar de medewachtenden. Hij zag niet wat Krap zag. Gewone mensen waren het volgens hem, met die wat moedeloze, starende blik die hij zo goed kende van burgers uit het Thuisland als zij in een van de vele overheidsgebouwen op vergunningen of documenten zaten te wachten.

Na drie kwartier verscheen hun nummer. Ze liepen naar een van de deuren waarboven een rode lamp knipperde. Toen ze de deur openden stonden ze direct voor een balie. Erachter zat een jonge vrouw met een bril en een bruine coltrui. Ze nam Kraps nummertje aan en fronste toen haar wenkbrauwen.

'Wie is die andere meneer,' vroeg ze en wees op Kowalski.

Kowalski haalde zijn paspoort tevoorschijn en legde het op de balie.

De vrouw bekeek het paspoort en schoof het toen terug. 'Eigenlijk moet u ieder afzonderlijk worden gehoord,' zei ze, nu in het Engels.

'Wij horen bij elkaar,' zei Kowalski.

'U komt ook uit het Buurland,' vroeg de vrouw aan Krap, die knikte en nu ook zijn paspoort op de balie legde.

Geruime tijd bladerde de vrouw door hun paspoorten. Dat bladeren, die dreigende stilte waarin dat plaatsvond, maar al te goed kenden Krap en Kowalski die situatie waarin zij in het Thuisland zo vaak verkeerd hadden. De angst dat er iets met je papieren niet in orde was. Ambtenaren hadden overal de macht, ook hier. De vrouw schoof de paspoorten terug. 'Ik ben bang dat ik niets voor u kan doen. U bent allebei vijfenvijftig. Dat is veel te oud om hier aan de slag te kunnen.' Haar stem klonk meelevend, maar beslist. 'U valt buiten de arbeidsbemiddeling.'

'Maar we willen werken,' zei Krap. 'Het geeft niet wat.'

'Ik ben distributeur,' zei Kowalski. 'En mijn vriend hier is liftinspecteur.'

'Misschien is het dan beter dat u teruggaat naar waar u vandaan komt,' zei de vrouw en keek op haar horloge. 'Als u mij nu wilt excuseren. Ik heb nog meer te doen.'

Even later stonden ze weer buiten in de regen met hun blauwe Rapido-paraplu's. Om hen heen verrezen hoge kantoorgebouwen. Overal brandden lichten achter de ramen, flikkerden beeldschermen en liepen mensen tussen bureaus heen en weer. De maatschappij in vol bedrijf. En zij stonden erbuiten. Hoe moesten zij zich hier ooit een plaatsje veroveren? Hun vroegere staat van dienst had niet de minste indruk op de juffrouw van het arbeidsbureau gemaakt.

'Dat wijf gedroeg zich alsof ze van de reclassering was,' zei Krap.

'Alsof er hier geen liften zijn, of niets te distribueren valt,' vulde Kowalski aan. 'Misschien hadden we thuis moeten blijven.'

'Nee,' zei Krap. 'Moedig voorwaarts. Zo makkelijk komen ze niet van ons af.'

'Dat verbaast me niet echt,' zei Johan die avond aan tafel. 'Jonge mensen verdienen de voorkeur. Bovendien zijn ze goedkoper.'

'Maar we willen ons nuttig maken,' zei Kowalski.

'We willen niet op jullie zak teren,' zei Krap en hij keek naar Toby, die hem na hun mislukte missie zwijgend een pakje bankbiljetten in de hand had gedrukt.

'Wacht eens!' Johan stond op en ijsbeerde door de kamer. 'Misschien weet ik wat. Wat denken jullie ervan om voor ons te komen werken?'

'Voor ons,' vroeg Toby. 'Hoezo?'

'Als sandwichman,' zei Johan.

Hij legde Krap en Kowalski uit wat het begrip sandwichman inhield.

Vroeger hadden ze vaker met borden in optochten moeten meelopen. Dit was misschien net zoiets. Krap en Kowalski besloten het aanbod aan te nemen.

Twee dagen later waren de borden klaar. Zowel op de voor- als op de achterkant stond een aantal vakantiebestemmingen. Corsica, Canarische Eilanden, Rome, Marokko, Cyprus, Florida, Turkije. Achter de bestemmingen stonden de prijzen (inclusief verblijf en accommodatie) die reisbureau Rapido rekende.

Verschanst achter hun gele borden, die hen ook gedeeltelijk tegen de regen beschermden, trokken Krap en Kowalski de stad in. Voorbijgangers maakten opmerkingen die zij niet verstonden. Werkte het weer een beetje mee, dan stonden zij lange tijd op straathoeken en pleinen stil en lieten zich gewillig door Chinezen of Japanners fotograferen.

'Zo worden we toch nog beroemd,' zei Krap spottend.

Maar de meeste voorbijgangers zagen hen niet staan. Of alleen hun schoenen. Twee paar zwarte schoenen met dikke rubberzolen. Aan het eind van de middag bibberden ze van de kou, tilden de borden van elkaars schouders, klapten ze in en namen de tram naar huis.

Hoewel ze de hele stad doorkruisten met hun borden had hun aanwezigheid in het straatbeeld geen enkel effect op de boekingen die Johan binnenkreeg. Na veertien dagen besloot hij dat de actie was mislukt. Vroeger waren sandwichmannen heel gewoon. Nu moest je reclame op het internet maken. De borden verdwenen in de kelder en Krap en Kowalski brachten hele dagen op de bovenverdieping van het huis aan de Willemsparkweg door. Wat moesten ze nu doen? Ze hadden geen idee.

'We zijn te oud voor hier,' zei Kowalski. 'Ik voel me afgeschreven.'

Krap zat aan de ronde tafel en maakte aantekeningen in zijn schrift.

'Wat valt er in godsnaam nog te noteren,' vroeg Kowalski.

'Toen ik met dat bord rondliep heb ik goed om me heen gekeken,' zei Krap. 'Je ziet hoe gespannen de mensen hier zijn. Op de muur van een bierbrouwerij zag ik de tekst staan: "De mensen sterven en zijn niet gelukkig".'

'Daar ben ik het helemaal mee eens,' zei Kowalski, die zich steeds miserabeler begon te voelen en zelfs even overwoog om dan maar alleen naar huis terug te keren en nieuwe begonia's te kopen.

Overdag zagen ze Toby en Johan nauwelijks. 's Avonds tijdens het eten viel het Toby op dat de twee steeds zwijgzamer werden nu ze niets meer omhanden hadden. Zij had ze hiernaartoe gehaald. Ze voelde zich schuldig. Daarom stelde ze op een avond in bed aan Johan voor de twee mee te nemen op haar eerstvolgende oriëntatiereis naar een hotelcomplex in Tunesië, Pleasure Dome. Twee extra tickets waren zo geregeld en rond deze tijd waren er vast nog wel kamers in het complex vrij. Na ruim dertig jaar dictatuur hadden ze wel een vakantie verdiend, zei ze. Johan vond alles best als zij er maar voor zorgde dat die twee moedeloze mannen zo snel mogelijk uit zijn blikveld verdwenen. 'Ik kan niet tegen dat soort initiatiefloze mensen.'

'Het komt door het systeem waarin ze jaren hebben geleefd,' zei Toby. 'Jij begrijpt dat niet, maar als de staat altijd alles voor je heeft bedisseld, kun je op een gegeven moment niet meer voor jezelf opkomen.'

Ze gaf het tegenover Johan niet toe, maar ze had een beetje medelijden met de twee. Die verlegen Kowalski met zijn zichzelf verontschuldigende blik en dan Krap, die geen schaduw meer was van zijn vroegere zelf. Geknakte mannen waren het.

Die nacht begon het te stormen. Loeiend zocht de wind naar kieren onder deuren en ramen. Toby hield van herfststormen. Ze voelde zich avontuurlijk worden bij al dat natuurgeweld en kreeg zin om naar zee te gaan.

Toen ze dat de volgende dag bij het ontbijt aan Krap en Kowalski voorstelde was ze verrast door Kowalski's enthousiasme. Hij was nog nooit aan zee geweest. Krap wel. Toby en hij hadden een paar keer een zomervakantie aan de Oostzeekust doorgebracht te midden van kuilen gravende landgenoten en hun kroost. Krap had met minachting naar die activiteiten gekeken. Ze graven alsnog hun eigen graf, had hij met een bitter lachje gezegd. Die minachting voor mensen had hij met alle idealisten gemeen. Net als zijn kinderhaat. Vies en lastig vond hij die. Ze moesten zo snel mogelijk worden afgericht. Als ze te dicht in de buurt van zijn handdoek kwamen maakte hij wild maaiende armbewegingen. Eén keer had hij een rubberbal tegen zijn hoofd gekregen. Hij was opgesprongen en met een van woede vertrokken gezicht had hij de bal met zijn zakmes lek gestoken. Onder geen beding wilde hij zelf kinderen. Zij ook niet, maar om een andere reden: ze zag geen toekomst voor kinderen in een dictatuur. En nu ze eenmaal in vrijheid leefde was ze er te oud voor.

De trein naar Zandvoort was praktisch leeg. Wie ging er ook met zo'n storm naar het strand? Ze keken naar de voorbij-vliegende wolken.

'Zijn hier eigenlijk nergens bossen,' vroeg Kowalski starend naar de vlakke weilanden die tot aan de horizon doorliepen.

'Geen bossen zoals wij die gewend zijn,' zei Toby.

'Niets is mooier dan een storm die door een bos raast,' zei Kowalski. 'Alsof er een heel leger door de boomtoppen boven je hoofd voorbijtrekt.'

'Hij is echt een natuurmens,' zei Krap.

'En jij,' vroeg Toby.

'Ik ben geboren en getogen in K..'

'Hoe is het daar eigenlijk nu?'

'Er wordt veel afgebroken, maar ook veel gebouwd en gerenoveerd. Joost mag weten waar al dat geld opeens vandaan komt,' zei Krap.

'Uit het Buurland,' wist Kowalski. 'Je ziet het op al die aannemersborden. Allemaal adressen uit het Buurland.'

'Het verleden wordt in hoog tempo onder de voet gelopen,' zei Krap.

'Misschien willen de mensen er wel vanaf,' zei Toby.

'Stel dat ze dat in Amsterdam zouden doen.'

'In dit land is er nooit de noodzaak geweest om op die manier met het verleden te breken,' zei Toby.

In Haarlem stopte de trein. Kowalski zag twee duiven

van het perron naar de overkapping fladderen, log en on-handig. Hij moest aan de vredesduif van beton denken die de gevel van het stadhuis van K. had gesierd en die nu ook was verdwenen. Hij had nooit begrepen hoe zo'n lelijke vo-gel een vredessymbool had kunnen worden. Dan waren de slank zwierende zwaluwen met banieren in hun bek, die de Zweedse luciferdoosjes sierden, die hij onlangs in een super-markt had zien liggen, heel wat geschikter.

Zandvoort lag er verlaten bij. Voor de ramen van de hui-zen langs de boulevard stonden bordjes in hun landstaal met de mededeling dat er kamers te huur waren. De mees-te restaurants waren gesloten, net als de ijs- en friteskramen. Kowalski had er geen oog voor zo gauw hij het panorama van woest aanrollende golven voor zich zag. De zee zag er grijs en dreigend uit. Met grote snelheid vlogen de wol-ken het land binnen. Het helmgras op de duinen werd door de storm platgedrukt. Ze moesten schreeuwen om elkaar te kunnen verstaan en worstelden tegen de wind in naar een hoog flatgebouw aan de strandboulevard waarin, zo wist To-by, een café-restaurant gevestigd was. Zandvlagen trokken in brede waaiers over de straattegels en prikten in het stuk-je blote huid tussen hun broekspijpen en schoenen. Toby's krullen slierden voor haar gezicht. Kowalski keek ernaar. In haar donkerblauwe gewatteerde jack en spijkerbroek zag ze er helemaal onneembaar uit. Krap had haar naakt gezien, Krap had de liefde met haar bedreven. Kowalski keek naar de zandslierten rond zijn schoenen en probeerde aan iets an-ders te denken.

Pas toen zij het café binnen gingen viel het hun op hoe

het daarbuiten gebulderd had. Een kudde woedende dieren waren de golven, nu door de dubbele beglazing tot zwijgen gebracht; het was alsof ze naar een stomme film zaten te kijken.

Toby bestelde koffie met appelgebak, trok de rits van haar jack open en steunde haar gezicht in haar handen.

'Geweldig, vinden jullie niet?'

'Ik heb gelezen dat Nederland binnen honderd jaar onder de zeespiegel zal verdwijnen,' zei Krap.

'Niet alle landen verdwijnen,' zei Toby. 'Duinen, dijken, het loopt hier zo'n vaart niet.'

Ze besloot dat dit het juiste ogenblik was om haar reisplan bekend te maken.

'Maar hoe komen we daar,' vroeg Kowalski.

'Met het vliegtuig,' zei Toby. 'Jullie zijn mijn gasten, maar tegen die lui van het hotel daar in Tunesië zeg ik dat jullie inspecteurs van het Bureau voor Toerisme zijn. Dat opent meteen alle deuren.'

Krap knapte op van die mededeling. Als hij dan geen echte baan kon krijgen, kon hij in ieder geval spelen dat hij er een had.

Kowalski kon zijn ogen nog steeds niet van het watergeweld daarbuiten afhouden.

'Kijk,' zei hij, 'daar in de verte, zie je dat schip?'

'Het wordt vloed,' zei Toby. 'De zee komt steeds dichterbij, misschien wel helemaal tot aan de rand van de duinen.'

Op het strand was niemand te bekennen. Alleen een zwarte hond rende met de wind mee pijlsnel van hen vandaan. Kowalski keek hem na, zag hem als een stipje in de nevelige verte oplossen. Zo nu en dan doken er meeuwen voor het raam op die een tijdje tegen de wind in bleven hangen en toen langzaam door de storm schuin het land in werden gedreven.

Toby keek op haar horloge. 'Kom, we moeten eens terug. Ik heb Johan beloofd voor twee uur terug op de zaak te zijn.' Ze ritste haar jack dicht en stond op.

De volgende dag nam Toby Krap en Kowalski mee de stad in.

'Als inspecteurs van het Bureau voor Toerisme moeten jullie er representatief uitzien.'

En zo kwamen Krap en Kowalski na een paar uur winkelen beiden in een zandkleurig zomerkostuum met brede lappellen en iets te wijde pijpen naar buiten. Krap toonde zich ingenomen met zijn nieuwe kostuum, Kowalski was er een beetje verlegen mee.

'Onzin,' zei Krap toen ze wat later thuis waren, 'een vrouw die haar man verlaat heeft zo haar verplichtingen.'

Johan gaf hen bij het eten een paar brochures over Tunesië. Op hun kamer bekeken ze de plaatjes en bestudeerden het kaartje. Het Pleasure Dome-complex lag aan het strand bij een plaats die Sousse heette. Krap zag in de beschrijving dat er veertien liften waren. De hotels waren in zogenaamde Moorse stijl gebouwd. Als Kowalski door zijn oogharen naar de afbeeldingen van de appartementengebouwen keek leken het enorme op elkaar gestapelde honingraten.

'Ze spreken Frans daar,' wist Kowalski. 'Tunesië was vroeger een Franse kolonie.'

'Tegenwoordig spreekt iedereen Engels,' zei Krap terwijl hij zich in de badkamerspiegel bekeek. 'Bovendien, Toby spreekt Frans.'

'Zouden inspecteurs van het internationale toeristenwezen dan geen Frans moeten spreken,' vroeg Kowalski zich bezorgd af.

'Tegenwoordig niet meer,' zei Krap. 'Je zult zien hoe goed we ons daar redden. Kleren maken de man.'

Kowalski keek naar zijn oude bruine pak dat verkreukeld uit een plastic zak van een warenhuis tevoorschijn stak. Hij had zijn oude huid afgelegd, maar voelde zich nog onwennig in zijn nieuwe.

Die ochtend stonden ze voor de deur van het reisbureau: Krap met zijn imitatie-lederen koffer en Kowalski met zijn versleten rieten valies, waarvan hij de riemen stijf had dichtgesnoerd en de koperen gespen opgepoetst. Toby's rolkoffer was beplakt met labels die aangaven dat de eigenares veel van de wereld had gezien. Het regende en alle drie hielden ze een blauwe paraplu met de zwarte letters 'Reisbureau Rapido' boven hun hoofd. Johan stond in de deuropening en maakte een foto. Daar was de taxi die hen naar Schiphol zou brengen. 'Rapido,' grapte de chauffeur.

Krap en Kowalski waren nog nooit op een vliegveld geweest. Het leek wel een kleine stad met al die winkels, restaurants en koffiebars. Toby kende er de weg. Ze koos vastbesloten een van de rijen die voor de verschillende incheckbalies stonden. De rij met de minste kleurlingen want met die lui was altijd wat, zei ze. Toen ze aan de beurt waren schoof zij de tickets en de drie paspoorten over de balie naar het in hemelsblauw geklede meisje van de KLM. Het meisje bekeek de tickets en daarna de paspoorten. Krap en Kowalski stonden aan weerszijden van Toby en keken gespannen toe. Zo gauw iemand je paspoort bestudeerde kon je op problemen rekenen. Maar het meisje zag er geen en liet haar vingers rap over het toetsenbord van haar computer gaan. Toby schoof hun koffers op de band en nam daarna de tickets en de paspoorten in ontvangst. Krap en Kowalski wilden hun paspoorten alweer wegbergen, toen Toby zei dat ze ze beter in de hand konden houden, ze moesten eerst nog door de douane. De beambten van de paspoortcontrole zaten in hoge hokjes waardoor de passagiers geen zicht hadden op het computerscherm dat de douaniers voor zich hadden staan. Toby kreeg haar paspoort onmiddellijk terug. Kraps en Kowalski's paspoorten werden aan een uitgebreid onderzoek onderworpen. Ze hoorden de jongeman met zijn blonde kuif op zijn toetsenbord tikken en zagen hoe hij ingespannen naar het scherm tuurde, opstond en er een collega in het hokje ernaast bij riep. De collega boog zich achter de andere beambte staand over het scherm.

'Wat zou er zijn,' fluisterde Kowalski.

'Geen idee,' zei Krap en hij knipperde nerveus met zijn ogen.

Toby trommelde met haar rood gelakte nagels op de balie van het douanehokje.

'Uitgestudeerd, heren,' vroeg ze.

'Even geduld, mevrouwtje, we hebben onze instructies.'

'En die luiden?'

Ze negeerden haar vraag en dat beviel Toby niet.

'Die luiden dat u mensen uit het voormalige Thuisland op de kast moet jagen. Luister eens, die paspoorten zijn net zo geldig als paspoorten uit het Buurland. Of weten jullie nog niet dat die twee landen sinds kort één zijn?'

'Wat is het doel van uw reis?'

'Vakantie,' zei ze snibbig en trok de paspoorten naar zich toe zonder de douaniers nog een blik waardig te keuren.

'Goede reis trouwens,' riep een van hen het drietal na.
Na elkaar gingen ze door de veiligheidscontrole. Drie keer
kwam er een dichtgeklapte blauwe paraplu voorbij. De vei-
ligheidsbeambte voor het scanapparaat keek ernaar zonder
een spier te vertrekken. Toen ze hun paraplu's terug hadden
stak Toby de hare op. Mensen keken naar haar en lachten.
'Een beetje reclame kan nooit kwaad,' zei Toby en ze
schoof de tickets en de paspoorten in haar handtas.

Kraps hoogterecord stond op 63 meter, een lift in het deel-
staatparlement in G., Kowalski was nooit hoger dan zo'n tien
meter boven de grond geweest, de hangbrug in H., die hij
indertijd met kloppend hart en misselijk van angst was over-
gestoken. En nu zouden zij zo direct tot acht kilometer boven de aarde worden getild in een vliegtuig dat er op de
grond onmogelijk zwaar en log uitzag. Door een lange aflo-
pende sluis kwamen ze vlak achter de cockpit het vliegtuig
binnen. Hun plaatsen waren ergens midden in het toestel.
'Wie wil er aan het raam?'
Eigenlijk wilden Krap en Kowalski dat geen van beiden,
maar omdat hij zich niet wilde laten kennen zei Kowalski dat
hij de raamstoel wel zou nemen. Toby ging naast hem zitten en Krap zat aan het gangpad. Toby demonstreerde hoe ze
de veiligheidsriemen moesten vastsnoeren. Krap moest zijn
riem aanzienlijk verlengen om zijn buik de ruimte te geven.
De stewardessen sloten de bagageluiken en het toestel begon
langzaam naar de startbaan te rijden. Een tijd lang stond het
aan het begin van de kaarsrechte baan stil. Een stem vertelde
in drie talen wat ze in geval van een noodlanding moesten
doen. Toen begon het vliegtuig snelheid te maken. Kowalski

vroeg zich af hoe lang dit nog goed kon gaan en sloot zijn ogen. Krap haalde zijn schriftje uit de binnenzak van zijn colbert en sloeg het open. Hij hoorde de straalmotoren in een hogere versnelling overschakelen, het licht in de cabine viel even uit en ging toen weer aan terwijl de romp van het vliegtuig begon te trillen en zich toen met zijn neus schuin van de grond verhief. In razende vaart klom het vliegtuig de lucht in. Kowalski zag hoe Amsterdam onder hem verdween en de auto's op de snelwegen tot speelgoedautootjes werden gereduceerd. Ze vlogen. De zwaartekracht was schijnbaar moeiteloos overwonnen. Krap dacht aan zijn eigen wet.

Toby vroeg wat er in dat schrift van hem stond.

'O, wat aantekeningen en notities.'

Toby fronste haar wenkbrauwen.

'Over de wet van de wederzijdse aantrekkingskracht,' kwam Kowalski Krap te hulp.

'De wat,' vroeg Toby.

'De tegenhanger van de wet van de zwaartekracht. Daardoor blijft alles in evenwicht,' zei Kowalski met nonchalante vanzelfsprekendheid.

'Laten we het hopen,' zei Toby, 'anders vallen we straks met z'n allen naar beneden.'

Krap schudde zijn hoofd. 'Het gaat om iets anders. Ik kan het zo niet uitleggen. Ik moet alles eerst nog uitwerken tot een systeem.'

Toby zuchtte. 'Daar hebben we Krap weer met zijn stokpaardje, de sluitende systemen.'

'Wat voor paard,' vroeg Kowalski.

'Een stokpaard, je weet wel, waar kinderen vroeger op reden.'

Kowalski knikte. Ook hij had vroeger zo'n stokpaard bezeten en bereden. Maar dat paard ging nooit sneller dan je eigen benen en dus was de aardigheid er voor hem al snel af geweest en had hij het speelgoedpaard aan een neefje gegeven.

Toby vroeg hem wat hij van Amsterdam had gevonden, wat hem was opgevallen.

Kowalski tuitte zijn lippen. Dat deed hij altijd als hij nadacht.

'Rond die grachten vond ik het net een museum,' zei hij. 'Gezellig, een beetje dorps zelfs. Alleen wel ontzettend smerig. Al die in elkaar getrapte blikjes en besmeurde plastic bakjes op straat terwijl er toch overal prullenbakken staan.'

'Je hebt gelijk,' zei Toby. 'Nederlanders staan in het buitenland bekend als een proper volkje, maar de praktijk leert anders. En wat vond je van de mensen?'

'Ik weet het niet,' zei Kowalski. 'Als je niet met mensen kan praten kijk je alleen maar tegen hun buitenkant aan. Sommige meisjes zagen er als zwervers uit in die kapotte spijkerbroeken.'

'Dat zijn geen kapotte broeken,' zei Toby. 'Die kopen ze zo, die worden zo gemaakt.'

Dat ging Kowalski's begrip te boven. 'Kapot is kapot,' zei hij. 'Dan zijn ze zeker heel goedkoop.'

'Juist niet,' zei Toby. 'Het zijn exclusieve merkbroeken, duurder dan een gewone spijkerbroek.'

'Dus een kapotte broek kost meer dan een hele?'

'Het is mode,' zei Toby.

Kowalski verzonk in gepeins. Let's make things better. Dat klopte dus niet.

'Heb jij ook van die kapotte broeken,' vroeg hij.

'Met mijn werk kan dat niet,' zei Toby.

Ondertussen dacht Krap aan zijn wet. De afgelopen dagen had hij er nauwelijks over na kunnen denken. Als toerist werd je daarvoor te veel afgeleid. Hij had stilte en rust nodig en hoopte die straks in Tunesië te vinden. Hoe kwam het toch dat de wet van de wederzijdse aantrekkingskracht hem maar niet helder voor ogen wilde komen, zich niet aan hem wilde openbaren? Lag het aan zijn gebrekkige formuleringsvermogen of aan iets anders? Hij bladerde door het schriftje. 'De mens wordt gedreven door lustprincipes. Het gaat erom een gemeenschap te stichten waarin die lust in banen wordt geleid en voor ieder individu bevredigd zonder dat de lust van de anderen erdoor wordt belemmerd.' Hoe kwam het dan dat die gemeenschap zich maar niet wilde manifesteren? Er moesten tegenkrachten aan het werk zijn. Opeens vond hij een geldige vergelijking. Hij ging rechtop zitten en pakte zijn pen uit het borstzakje van zijn colbert.

'Tegenkracht te zien als krachtige magneet die aan de rand van het magnetische veld het volk als ijzervijlsel naar zich toe trekt, de verkeerde kant op, de kant van het kapitalisme en het consumentisme.' Die laatste term had hij voor het eerst van Johan gehoord. Consumentisme. Johan had verteld dat er zelfs een consumentenbond bestond. De tegenkrachten waren kennelijk goed georganiseerd. Hij las nog eens over wat hij zonet genoteerd had en sloeg het schriftje toen dicht, vouwde het dubbel en stopte het in zijn binnenzak. Hij glimlachte. De vergelijking met de magneet beviel hem. Als kind had hij met een magneet onder het tafelblad in de huiskamer spelden uit zijn moeders naaidoos heen en weer over tafel laten bewegen. Een onzichtbare kracht. Als je niet wist dat hij een magneet onder het tafelblad bewoog zou je aan tovenarij hebben kunnen denken. Maar voor alles was een verklaring. Zo bracht een gelukkige vergelijking hem dichter bij het systematiseren van zijn verwarde gedachten. In het gangpad kwamen twee stewardessen met een rammelende servicekar langs.

Zowel Krap als Kowalski had de grootste moeite het voedsel te ontdoen van zijn doorzichtige plastic verpakking die zo strak rond de etensbakjes was getrokken dat beiden een vingernagel braken bij het openen ervan. Toby was met haar puntige nagels in het voordeel. Toen ze ten slotte aan de maaltijd konden beginnen (een stukje kip, een paar slappe groene snijbonen en een klont puree) lag er op ieders uitklaptafeltje een niet onaanzienlijke hoop knisperend afval. De smaak van het gerecht had het karakter van het verpakkingsmateriaal aangenomen. Gelukkig hadden ze alle drie een flesje rode wijn besteld waarmee ze de smakeloze brij weg konden spoelen.

De stem van de gezagvoerder meldde vanuit de cockpit dat het vliegtuig boven de stad Bordeaux vloog op een hoogte van achtenhalve kilometer. Kowalski keek naar buiten. De stad werd aan zijn oog onttrokken door een dicht dek van stapelwolken, die hem aan een Noordpoollandschap deden denken, en alhoewel hij nooit verder in het heelal was doorgedrongen wees niets erop dat hij iets bijzonders meemaakte; sterker nog, hij had zelfs niet de indruk dat ze vooruitkwamen. Zijn lichaam vertelde hem dat hij hier roerloos op grote hoogte in de ruimte hing. Krap betastte met de vingers van zijn rechterhand de onderkant van zijn klaptafeltje.

'Wat doe je daar,' vroeg Toby.

'Ik test een gedachte uit,' zei Krap.

'Dat zal dan wel een achterbakse zijn,' zei Toby.

'Denkende mensen zijn om die reden nog niet achterbaks,' repliceerde Krap.

'En wat denk jij, Kowalski?'

'Op het ogenblik niets.'

'Dat dacht ik al. Jij bent een open boek voor me.'

Kowalski kreeg een kleur. Zou dit nu de beroemde vrouwelijke intuïtie zijn en had Toby allang in de gaten dat hij verliefd op haar was?

Toby keek op haar horloge.

'Nog een uurtje en we zijn er,' zei ze. 'Vanaf dat ogenblik stel ik jullie voor als internationale inspecteurs van het toerisme.'

'Ik zou het liever anders formuleren,' zei Krap. 'Een inspecteur is een inspecteur. Hij kan niet internationaal zijn en tegelijkertijd zichzelf.'

Kowalski knikte goedkeurend.

'Jullie je zin,' zei Toby. 'Inspecteurs van het internationaal toerisme zullen jullie heten.'

'Dat klinkt een stuk beter,' zei Krap, die het gevoel had een belangrijk punt tegenover zijn ex te hebben gemaakt.

4

Toen het vliegtuig de landing inzette maakten ze hun veiligheidsriemen vast en wachtten gespannen af hoe de piloot de strijd met de zwaartekracht zou aanbinden. Hij bracht het tot een goed einde. In de cabine waren zelfs mensen die luid applaudisseerden toen de wielen de grond raakten en het toestel naar de aankomsthal van het vliegveld van Monastir taxiede. Oogverblindend wit was dat gebouw. Op het betonnen platform ervoor trok een kleine tractor een sliert laadwagentjes achter zich aan naar het nu tot stilstand gekomen vliegtuig.

Buiten was het aangenaam warm. Krap en Kowalski legden hun jassen over hun arm, Toby liet de hare (een lichtgroen halflang katoenen manteltje) los over haar schouders hangen. In haar rechterhand bungelde de slangenleren tas waarin zij de tickets en paspoorten bewaarde. De lucht was strakblauw. Hier en daar stonden palmen in dorre perkjes; de neerhangende bladeren vol bruine punten hingen roerloos naar beneden. In de aankomsthal was het ijskoud. Ze trokken hun jassen weer aan. Overal liepen Tunesische beambten in donkergrijze uniformen. De meeste mannen hadden een snor, net zo zwart als hun hoofdhaar. De douanier toonde tot opluchting van Krap en Kowalski nauwelijks belangstelling voor hun paspoorten en koffers. Toen ze aan de andere kant van de hal naar buiten liepen, bleef Kowalski plotseling staan.

'We zijn onze paraplu's vergeten.'

Toby haalde haar schouders op. 'Die hebben we hier echt niet nodig.' Ze keek op haar horloge. Half vier. 'We nemen de bus,' zei ze en wimpelde een paar toegesnelde taxichauffeurs af.

Krap en Kowalski keken naar de schamele huisjes langs de weg. Mannen, vrouwen en kinderen, sommige in het gezelschap van een paar geiten, liepen aan weerskanten in de berm. Krap en Kowalski wuifden, maar geen van de voetgangers wuifde terug.

'Ze doen zich vriendelijk voor maar ze zijn allemaal op je geld uit. Als je er een iets geeft ben je in de kortst mogelijke tijd omringd door een hele horde kinderen,' zei Toby. 'Het is maar dat jullie het weten. Liefdadigheid is hier water naar de zee dragen.'

Het landschap werd steeds zanderiger. Hier en daar groeiden cactussen of plukjes hardgroene struiken in de open glinsterende vlaktes. Na een kwartier reden ze door de woestijn. Aan beide kanten golvende bruine zandheuvels waarop de zon blikkerde. De weg slingerde zich door de zandvlakte en kwam ten slotte uit bij zee, die strak en vrijwel zonder golfslag voor hen lag. Ze reden over een boulevard met palmen die er iets gezonder uitzagen dan de exemplaren op het vliegveld.

'Nog tien minuten,' zei Toby, 'dan zijn we er.'

Ze zagen het hotelcomplex al van ver liggen: een carré van witte appartementengebouwen van vijf verdiepingen met in het midden een glinsterende glazen koepel. Pleasure Dome. Toen ze uitgestapt waren en door een met kleurige mozaïektegels versierde toegangspoort, bewaakt door twee soldaten met stenguns in de aanslag, het terrein op liepen zag Krap dat het hele complex in het midden uit glas was opgetrokken. Elk van de vier appartementengebouwen was door een overdekte gang verbonden met het glazen hoofdgebouw. Doorzichtige liften schoven op en neer langs de wanden, als enorme duikerklokken. Overal drentelden merendeels oudere mannen in zwembroeken en vrouwen in badpakken tussen de gladgeschoren gazons en strakke perken vol blauwe en gele bloemen. Op een groot terras voor de hoofdingang van het complex dronken vakantiegangers kleurige drankjes. Krap had het gevoel dat hij iets herkende; alsof hij thuiskwam.

Kowalski vroeg wat die twee soldaten daar bij de toegangspoort deden.

'Hier begint een andere wereld,' zei Toby. Haar rode haar leek vlam te vatten.

'Als we in Sousse zijn geweest, zul je wel begrijpen waarom ze daar staan,' zei ze.

Een andere wereld, dacht Krap, een andere wereld. Hij had het bijna hardop gezegd.

Eenmaal in het hoofdgebouw zetten Krap en Kowalski van verbazing hun koffers neer. Overal tegen de glazen wanden van de koepel hingen weelderige groene hangplanten. Kleurige vogels (papegaaien en parkieten) vlogen kwetterend en schetterend rond. Uit onzichtbare luidsprekers golfde lauwe vioolmuziek hen tegemoet.

'Zo zou het leven moeten zijn,' zei Krap. Kowalski beaamde het. Toby stond bij de receptie en kwam even later terug met drie sleutels en drie in plastic hoesjes gestoken kaartjes die met een speld aan de achterkant op een kledingstuk konden worden vastgezet. In gele letters stond er 'Guest of Honour' op.

'Die badge moeten jullie altijd dragen,' zei ze. 'Daarmee kun je gratis eten en drinken bestellen. Maar laten we eerst naar onze kamers gaan. Morgen heb ik een afspraak met de manager. Dan stel ik jullie aan hem voor.'

Hun kamers lagen op de derde verdieping van de linkervleugel. Ook in de glazen lift klonk die geruststellende vioolmuziek. Krap kon niet nalaten het controleplaatje in de lift te bestuderen. Hij kon de Arabische lettertekens niet lezen, maar uit het jaartal eronder leidde hij af de lift drie jaar geleden voor het laatst was gecontroleerd. Als inspecteur van het internationaal toerisme zou hij er zeker een opmerking over maken. Veiligheid voor alles, zou hij tegen de manager zeggen. Kowalski durfde niet naar beneden de hotelhal in te kijken. De meeste mannen die er rondliepen hadden kale bruingebrande hoofden.

Hun kamers keken uit op zee. Toby had de middelste. Op de balkons stonden witte tafeltjes en stoelen.

'We zien elkaar om zes uur bij het zwembad,' zei Toby en ze sloot de deur van haar kamer.

Kowalski pakte zijn koffer uit en ging toen op het balkon staan. Hij keek naar het strand vol lichtroze parasols. Vrouwen in bikini renden met kinderen aan hun hand de zee in en uit. Het leek wel een droom, vond hij. Dit was dus ook de wereld.

Krap besloot een wandeling over het complex te maken. Hij kwam langs wel drie zwembaden. Op de brede marmeren randen lagen mannen en vrouwen in ligstoelen. De meeste hadden hun ogen gesloten. Onder een hemelsblauwe overkapping zat een groepje muzikanten in wat hij aannam inheemse kledij, vol kleurige sjerpen en blouses met franje, naargeestige Arabische muziek te spelen. Veel bloot zag Krap, maar nergens mensen die elkaar aanraakten. Op een veldje waren mannen en vrouwen onder leiding van een in een wit linnen kostuum gestoken sportleraar aan het volleyballen. Een eindje verderop zaten oudere vrouwen onder een afdak in een halve cirkel ieder achter een schildersezel. Er is leiding en tegelijk is er vrijheid, dacht Krap. Activiteit en plezier. Werk en genot. En veel glas. Iedereen houdt elkaar in het oog. Als je de grond rond het complex zou ontginnen kon hier een begin gemaakt worden. Kleine gemeenschappen van een paar honderd mensen, duizend op zijn hoogst, die zich vermaakten met werk dat hen aanstond en zich voor de rest overgaven aan sport, spel en de liefde.

Die avond aten ze onder de rieten overkapping van een strandrestaurant, verlicht door langs de dakrand afhangende snoeren van gekleurde lampjes. De avond viel van het ene moment op het andere, ja werkelijk, hij 'viel', als een toneeldoek na afloop van een voorstelling; schemering bestond hier kennelijk niet. Vanuit de donkere verte kwam het lome bruisen van de branding. De zwarte hemel was versierd met strengen sterren en volgens Kowalski hing de maan verkeerd, te laag. Hij hield er zijn mond over. Misschien lag het aan hem. Toby droeg een laag uitgesneden spierwitte blouse. Kowalski had moeite zijn ogen van de gleuf tussen haar borsten af te houden. Daarom tuurde hij maar naar de sterrenhemel met zijn knipogende sterren en sterretjes. Afrekenen hoefden ze niet. Het wijzen op hun badge was voldoende. Je zag trouwens niemand zijn portemonnee trekken. Geld speelde hier blijkbaar geen rol. Toen Krap zei dat een maatschappij zonder geld heel goed voorstelbaar was als er maar iemand was die de boekhouding bijhield, schoot Toby in de lach.

'Iedereen heeft bij het boeken van de reis al alles vooruit betaald. Het geeft de mensen de illusie van rijkdom.'

'Illusies zijn ook wat waard, zelfs als je ze van tevoren hebt betaald,' zei Kowalski.

'Ik meen het serieus,' hield Krap aan.

'Daar twijfel ik geen moment aan,' zei Toby.

'Het is een kwestie van organisatie,' zei Krap.

'En van distributie,' zei Kowalski.

De volgende ochtend schepten Krap en Kowalski hun borden aan het ontbijtbuffet vol. Nog nooit hadden ze zo'n hoeveelheid broodbeleg bij elkaar gezien. Ham, drie soorten kaas, roerei, worstjes, uitgebakken spek, toast, marmelade. Toby beperkte zich tot een bordje yoghurt met muesli. Om tien uur zouden ze op bezoek gaan bij de manager van Pleasure Dome, de heer Al Mak-Baar.

'Ik ken hem redelijk goed,' zei Toby. 'Een echte ondernemer. Hij is dit complex acht jaar geleden begonnen. Vroeger had hij een winkeltje in de soek maar met hulp van een paar financiers en wat kruiwagens bij het ministerie van Toerisme heeft hij dit uit de grond gestampt. Hij weet hoe je moet inspelen op de behoeftes van hedendaagse toeristen.'

'Zoals,' vroeg Krap met zijn mond nog vol.

'Om alles te vergeten,' zei Toby. 'De mensen die hier komen willen niets aan hun hoofd hebben. Luieren, zwemmen, eten en drinken. Bediend worden. Bevelen geven aan obers. Personeel is hier in overvloed te krijgen en bovendien spotgoedkoop. Twee weken lang hangen ze hier de rijkaard uit.'

'Misbruik maken van arme mensen zul je bedoelen,' zei Krap.

'Dat zie je verkeerd,' zei Toby. 'De een zijn vakantie is de ander zijn brood. Voordat deze hotels langs de kust er kwamen zat iedereen hier zonder werk.'

'Wat ook geen pretje is,' zei Kowalski, die er ook voor voelde niets uit te voeren en nergens aan te denken zolang het nog kon.

Ze liepen naar de glazen deuren van het hoofdgebouw die geruisloos openschoven.

'Zie je die tuinlieden daar,' zei Toby. 'Ze verzorgen niet alleen de bloemen en de bomen, maar houden ook een oogje in het zeil. Rijkdom trekt nu eenmaal arme mensen aan.'

'Vind je het gek,' zei Kowalski. 'Iedereen wil toch graag rijk zijn?'

Krap schudde zijn hoofd. 'Rijken zijn nodig om de armen tot voorbeeld te strekken.'

'Sinds wanneer vind jij dat,' vroeg Toby.

'Als iedereen min of meer hetzelfde verdient, vloeit de energie uit de maatschappij weg. Niemand doet meer zijn best om zich van een ander te onderscheiden.'

'Je begint het leven door te krijgen,' zei Toby en ze liep naar een van de glazen liften.

'Ik bedoel het anders,' zei Krap. 'Je moet gebruikmaken van ieders talenten.'

Kowalski vroeg zich af of arm zijn en blijven soms ook een talent was en keek ondertussen om zich heen of hij ergens een trap zag.

'Zijn kantoor is helemaal boven in de koepel,' zei Toby. 'Je hebt er een prachtig uitzicht over het hele complex.'

Met gesloten ogen wachtte Kowalski tot de lift op de bovenste verdieping tot stilstand kwam.

Op de deur van tropisch hardhout prijkte een goudkleurig bordje met de naam van de manager erin gegraveerd.

Toby drukte op een bel in de deurpost. De deur sprong met een klik uit het slot. De grote kamer erachter baadde in een zee van licht. Vanachter een bureau van plexiglas kwam een slanke donkere man in een gestreept purperrood kostuum overeind en strekte zijn armen naar Toby uit.

'Mijn vriendin,' zei hij met zachte, lispelende stem. 'En dit zijn je vrienden?'

Toby stelde Krap en Kowalski voor aan Al Mak-Baar, die hun op een grote muisgrijze bank wees. Op een glazen tafel voor de bank stonden flesjes water en glazen klaar. De man straalde de vanzelfsprekende autoriteit uit van iemand die macht over anderen heeft en zich daarvan bewust is. Daarom besloot Krap meteen ter zake te komen. De man moest vooral niet denken dat zij er voor spek en bonen bij zaten.

'Als voormalig liftinspecteur ben ik zo vrij geweest een blik op uw prachtige liften te werpen. Montero's uit Cincinnati. Mijn complimenten. Het moet mij echter van het hart dat er aan de jaarlijkse controle het een en ander schort. De laatste controle heeft blijkens de certificaten in de liften drie jaar geleden plaatsgevonden.'

Heel even sloot Al Mak-Baar zijn ogen, wreef toen met twee handen over zijn hoge jukbeenderen en knikte. Achter zijn lach school een spierwit gebit.

'U laat er geen gras over groeien,' zei hij. 'Ik zal er onmiddellijk werk van laten maken, maar u begrijpt dat ik meer aan mijn hoofd heb dan alleen liften.'

'Veiligheid voor alles,' zei Krap.

'Zijn er ook brandtrappen,' vroeg Kowalski.

'Natuurlijk zijn die er,' zei Al Mak-Baar, enigszins geïrriteerd nu.

Toby besloot in te grijpen. 'Pleasure Dome voldoet aan alle eisen van het internationaal toerisme. Anders zat ik hier niet. Ik heb diepe bewondering voor wat u in zo korte tijd tot stand hebt gebracht.'

Al Mak-Baar stond op en liep naar een van de ramen.

'De architect die dit voor mij ontworpen heeft is een Fransman, Olivier Ledoux. Hij heeft zich laten inspireren door het Sint-Pietersplein in Rome.'

'En u heeft ook uw eigen militaire garde, net als de paus,' zei Kowalski.

'U bedoelt die twee soldaten bij de toegangspoort? Helaas zijn die nodig om een zekere distantie tot de omgeving te bewaren. Aan plaatselijke pottenkijkers hebben we hier geen behoefte. Onze gasten moeten ongestoord van hun vakantie kunnen genieten. Trouwens, de contacten met de bevolking in Sousse zijn uitstekend. Onze gasten brengen allemaal wel minstens één keer een bezoek aan een van de vele soeks in het stadje.'

Toby zag dat Krap en Kowalski niet wisten wat een soek was. 'Soeks zijn overdekte markten,' zei ze verklarend. 'We gaan er morgen naartoe.'

Krap wees naar het carré van appartementengebouwen beneden. 'Mooi functioneel en overzichtelijk,' zei hij goed-keurend.

'Ledoux heeft er ook elementen uit de klassieke Moorse architectuur in gebracht, zoals die bogen boven de balkons van elke kamer.'

'Het complex zou model kunnen staan voor een nieuwe stad,' zei Krap. 'Veel steden zijn het resultaat van een reeks toevallige beslissingen uit het verleden. Ze zijn daardoor rommelig, onoverzichtelijk.'

'Daar hadden wij geen last van,' zei Al Mak-Baar. 'Toen we hier begonnen te bouwen was er niets dan braakliggende onvruchtbare zandgrond. We hebben hier karrenvrachten aarde naartoe moeten rijden om er iets te laten groeien. Alles wat u ziet, de tuinen, de rijen palmen, de mimosa langs de muren, alles is aangelegd.'

'De aanleg van plantages is louter een kwestie van tijd en geld,' zei Krap peinzend.

Toby vond dat Kraps gedachten de verkeerde kant, de kant van zijn systematische plannenmakerij, op gingen. Ze stond op en maakte een eind aan het gesprek. Al Mak-Baar begeleidde hen naar de deur. Hij pakte Krap bij de mouw van zijn zandkleurige jasje en zei: 'Plantages, wie weet. Ik zou graag eens nader met u van gedachten willen wisselen. U bent een man van de toekomst, dat zag ik meteen.'

'Het zou me een waar genoegen zijn,' zei Krap. 'Misschien dat u mij, om mij beter op dat gesprek voor te bereiden, een plattegrond van het complex kunt verschaffen?'

Al Mak-Baar liep terug naar zijn doorzichtige bureau en pakte er een plastic mapje af.

'Hier staat alles op. De met stippellijntjes aangegeven vlakken geven de mogelijke uitbreiding van Pleasure Dome aan. De grond is al in mijn bezit.'

'Pleasure Dome,' zei Kowalski. 'Een geslaagde naam. Het heeft iets plezierigs en tegelijk iets plechtstatigs.'

'Als in de mooiste sprookjes,' zei Al Mak-Baar en hij hield de deur van zijn kantoor voor hen open.

Toby schudde hem de hand. 'Ik bel nog wel voor een afspraak,' zei ze. 'Ik denk dat we voor het komende seizoen goede zaken kunnen doen.'

'Wie gaat er straks mee zwemmen?'

Krap schudde zijn hoofd en tikte met een vinger op de plattegrond die hij van Al Mak-Baar had gekregen. 'Ik ga eerst dit eens bestuderen.'

'En jij, Kowalski?'

'Ik? Ik kan niet zwemmen. Bij ons in het dorp was geen zwembad.'

'Wil je me dan op zijn minst gezelschap houden? Ik ga even mijn bikini aantrekken.'

Kowalski knikte en keek haar na, net als een van de in blauwe overalls geklede tuinlieden, die dus tevens bewaker waren. Hij ging in een stoel aan het zwembad zitten. De toegeschoten ober, een wit servet gedienstig over zijn zwarte arm, keek naar de badge op het revers van Kowalski's jasje en zette toen zonder iets te zeggen een glas jus d'orange met ijsblokjes op het ronde tafeltje naast zijn stoel. Kowalski nam een voorzichtig slokje van het ijskoude drankje. Het gevoel van onwerkelijkheid maakte nu plaats voor innig welbehagen. Hij keek naar de in het roze betegelde zwembad lui rondzwemmende jonge vrouwen. Net zeemeerminnen, dacht hij, want Kowalski had in wezen een dichterlijke natuur. En daar was Toby, alias Spreeuw, met haar besproete blote schouders en slanke polsen waaraan nu armbandjes bungelden. Aan een van de zilveren armbanden hingen kleine belletjes die rinkelden toen zij groetend haar arm naar hem ophief. Aarzelend bleef ze op de brede rand van het zwembad staan. Wat was ze mooi! Haar borsten puilden uit het lila bovenstukje van haar bikini, tussen haar dijen rimpelde de stof van haar broekje, ze wapperde met gespreide vingers alsof ze haar nagels net rood gelakt had en ze nu wilde laten drogen.

'Bestel voor mij ook zo'n drankje,' riep ze Kowalski toe en dook het water in. Kowalski vergat die opdracht ogenblikkelijk. Zijn ogen volgden de bewegingen van haar lichaam. Toen ze haar benen optrok, spreidde en weer sloot, moest hij zijn linkerbeen over het rechter slaan. In al die jaren had hij zich beholpen met cyclamen en begonia's. Hij had toiletpapier over het Thuisland gedistribueerd. Hij had een schaduwbestaan geleid. En nu zat hij hier onder een warme zon, midden in het echte leven. Haar armen op de rand van het zwembad steunend hees ze zich even later uit het water en liep druipend op hem af.

'Waar is mijn drankje?'

Kowalski kreeg een kleur, stond op en wenkte een van de obers.

Hij zat tegenover haar bijna naakte lijf met een keel droog als schuurpapier.

'Heb je je tong verloren,' vroeg ze met scheefgehouden hoofd waar het rode haar nat en slordig omheen kliste. Aanminnig, een woord dat hij op school moest hebben geleerd, een woord uit een boek. Aanminnig, dat was het woord voor haar. Hij slikte een paar keer.

'Ben jij wel eens,' begon hij. 'Ik bedoel, toen je een klein meisje was. Was er een jongen die je de leukste vond?'

'Ik wilde zelf vroeger een jongen zijn,' zei Toby. 'Meisjes vond ik stomme trutten. Ik speelde alleen maar met jongens. Tot ze aan me begonnen te zitten.'

Kowalski knikte. 'Ik had een vriendinnetje, vroeger. Fiona heette ze. Ik hield mijn adem in als we naast elkaar aan de oever van de beek zaten en ik naar haar keek. Zij had ook rood haar.'

'Wat schattig,' zei Toby. 'En later, had je toen wel een echte vriendin?'

Kowalski schudde zijn hoofd. 'Ik heb er nooit een ontmoet.' Hij had willen zeggen: zo een als jij.

'Hoe bedoel je? Vrouwen genoeg toch?'

Zij wilde hem niet begrijpen. Ze legde haar hand op zijn arm.

'Vanmiddag gaan we naar Sousse. Dan zul je pas zien wat voor land dit is. Dit hier is allemaal namaak, nep, niet het echte leven.'

'Ik heb anders schoon genoeg van het echte leven.' Kowalski stond op.

'Wat ga je doen?'

'Krap helpen. Ik ben tenslotte zijn secretaris, zijn Eckermann, zoals hij altijd zegt.'

Toby schoot in de lach. 'Krap als Goethe. Die man loopt echt naast zijn schoenen.'

Zij kende die twee mannen kennelijk ook. Met haar zorgeloze gebabbel bracht ze hem in verwarring. Hij wilde niet langer naar haar kijken omdat hij dan maar aan één ding kon denken. Hij draaide zich abrupt van haar af en liep weg.

In de badkamer ontlaadde hij zich kreunend. Toen hij zijn ogen weer opendeed, zag hij dat het kamermeisje een nieuwe rol wc-papier over de houder had geschoven. Zwart wc-papier! Hij zag het goed. Hij liep naar het bureautje in zijn kamer en ging erachter zitten. Hij nam een vel briefpapier uit de hotelmap en begon te schrijven.

DE RODE DROOM

O, vurige vuurtoren die haar omarmt met zijn
   stralenbundel
Zoals ze daar staat, met geheven armen aan zee
Neem mij mee, de diepte in: de vrijheid of de dood.

Terwijl Kowalski zich overgaf aan het begin van zijn ode aan Toby, zat Krap in de kamer ernaast aan een identiek bureau. Naast hem lag de plattegrond van Pleasure Dome uitgespreid. In zijn schrift noteerde hij punten die hij in het gesprek met Al Mak-Baar aan de orde wilde stellen. Krap schreef en schreef, het puntje van zijn tong tussen zijn lippen.

Die middag namen ze een taxi naar Sousse. De plaatselijke bevolking ging in lange jassen of jurken gekleed. Bijna iedereen droeg een pakje of een kruik. Overal werd geschreeuwd en uit de huizen klonk luid jammerende Arabische muziek. Ze slenterden door overdekte winkelstraatjes vol stalletjes met souvenirs, aardewerk, ringen en sjaals. De soek. Bij een van de stalletjes bleven ze staan. Verdomd als het niet waar was, in een koperen bak stonden de drie paraplu's die zij in het vliegtuig hadden laten liggen. Toby wees er lachend naar.

'Je kunt je geen betere reclame wensen,' zei ze. 'Veel beter dan die sandwichborden van Johan. Ik zal hem vanavond bellen. We hebben nog tweehonderd van die dingen in de kelder staan. We zetten ze op strategische plekken in de stad uit: in de tram, in cafés. Net alsof iemand ze daar heeft laten staan.'

'Hoe zou dat toch komen,' zei Kowalski, 'dat mensen hun paraplu overal laten staan?'

Krap wist, zoals gewoonlijk, het antwoord. 'Dat komt door de wisseling van het weer. Zo gauw het droog is vergeten mensen dat ze een paraplu bij zich hebben. Zou het altijd regenen, dan zou niemand zijn paraplu ooit vergeten.'

'En als het nooit regent, zoals hier in de woestijn,' vroeg Kowalski.

'Dan kun je hem gebruiken tegen de zon,' zei Toby, die vond dat de twee de neiging hadden om overal een punt van te maken.

'Morgen neem ik jullie mee op excursie,' zei ze. 'We gaan dwars door de woestijn naar Carthago.'

Het was steenkoud toen ze de volgende ochtend om zeven uur in de bus stapten die hen dwars door de woestijn naar Carthago zou rijden. Krap en Kowalski rilden in hun zandkleurige kostuums en ook Toby in haar eigele zomerjurk met pofmouwen had het koud.

'Dat is nu eenmaal het klimaat hier. Koude nachten en warme dagen. Over een uurtje heb je nergens meer last van.'

Dat viel tegen. Het was een moderne toeristenbus waarvan de airconditioning door de chauffeur, een kale dikke man in een spijkerbroek en een versleten zwart jack met leren elleboogstukken, in de hoogste stand was gezet. Behalve zij zaten er vijf andere toeristen in de bus, die eerst langs een paar andere hotelcomplexen reed om meer deelnemers aan de excursie op te halen. Uit een luidspreker achter in de bus klonk Arabische muziek. Een fluit en een viool met wat getrommel op de achtergrond. Het klonk alsof de musici zich tevergeefs uit een toonladder probeerden te bevrijden en iedere keer opnieuw terugvielen in hetzelfde repeterende motiefje.

'Dit is toch geen muziek,' zei Krap.

'Arabische muziek,' zei Toby. 'Je went eraan, net als aan dat geblaat vanaf de minaretten.'

'Vergeleken met Beethoven is het wel erg eentonig,' poneerde Kowalski voorzichtig.

'Alles is relatief. Ook muziek,' zei Toby. 'Na een tijdje hoor je het niet meer.'

Nadat ze bij het vijfde hotel aan de kust passagiers hadden opgehaald, zette de chauffeur de muziek af en trok een microfoon die aan een rail boven zijn hoofd bungelde naar zich toe. Op het dashboard lag een blauw-wit gestreepte handdoek waar hij gedurende de reis veelvuldig gebruik van zou maken. In rudimentair Engels heette hij de passagiers welkom en vertelde dat de reis vier uur zou duren en dat ze over twee uur zouden stoppen voor toiletbezoek en een eenvoudige lunch. Hij gaf de microfoon een slinger. Wat had hij ook moeten vertellen? Al na een kwartier reden ze op een smalle weg met links en rechts zandheuvels. Zo nu en dan kwamen hen ezelskarren en een enkele kameelrijder tegemoet. Sommige toeristen fotografeerden hem. Opnieuw zette de chauffeur de monotone muziek op. Het was Kowalski opgevallen dat overal waar je hier kwam muziek klonk: Arabische of, zoals in Pleasure Dome, sentimentele vioolmuziek, tot in de lift aan toe. Buiten de bus heerste de stilte van de golvende woestijn. De bus beklom een heuvel en de chauffeur schakelde krakend in een andere versnelling, waarna hij zijn ronde glimmende gezicht met de handdoek afveegde. Naast zijn achteruitkijkspiegel bungelde een portretje aan een rood gevlochten koordje. Krap kon niet zien wie het portretje voorstelde. Waarschijnlijk de een of andere heilige. Toby schudde haar hoofd. 'Je mag in hun cultuur geen mensen afbeelden,' zei ze. 'Daarom zijn ze zo goed in al die mozaïeken.'

De muziek bleef maar om zijn as draaien. De violist en de fluitspeler hadden nu gezelschap gekregen van een snerpende kopstem. Een vrouw zong iets in het Arabisch, vol diepe keelklanken.

'Geen wonder dat je in deze omgeving niet op een beter muzikaal idee komt,' zei Krap.

'Ik word er slaperig van,' zei Kowalski. Hij sloot zijn ogen, maar kon niet slapen omdat hij Toby's linkerheup tegen zich aan voelde. Zo dichtbij en toch zo veraf. In gedachten voegde hij een paar regels aan zijn ode toe. 'O, wederzijdse aantrekkracht, o, meedogenloze wet die mij naar je toe drijft met de kracht van een fata morgana.' Hij had aantrekkingskracht in aantrekkracht veranderd vanwege het ritme. Hoe een fata morgana kracht kon ontwikkelen viel niet te begrijpen, maar het klonk goed, dwingend. Net zo krachtig als zijn gevoel voor haar.

'Zouden hier fata morgana's voorkomen,' vroeg hij aan niemand in het bijzonder.

'Alleen bij temperaturen boven de veertig graden treden luchtspiegelingen op,' wist Krap.

'Vergeet het dan maar,' zei Toby. 'Het is nu winter. Het wordt buiten niet warmer dan een graad of zeventien.'

Mensen op vakantie zien er altijd belachelijk uit, dacht Toby. Misschien doen ze het voor de foto's die ze van elkaar maken, zoals die magere vent daar in het gangpad met zijn enorme sandalen en gelige tenen, die een foto maakt van zijn vrouw, die eruitziet als een papegaai. De man drukte na lang getuur in de zoeker af. Op de achtergrond van die in de toekomst te ontwikkelen foto zouden Krap, Kowalski en zij te zien zijn.

Ze naderden hun eerste stop. Bij een langwerpig wit gebouwtje hield de bus stil. De chauffeur pakte zijn microfoon en zei dat de toiletten zich aan de achterkant van het gebouwtje bevonden. Kowalski zag dat sommige dames een rol toiletpapier uit hun tas haalden.

'Waarom is het toiletpapier in Pleasure Dome eigenlijk zwart,' vroeg hij aan Toby.

'Weet ik veel. Het is weer eens wat anders, denk ik,' zei Toby.

'Wat dacht je met al die donkere lui hier,' zei Krap lachend.

De chauffeur ging de groep voor naar het restaurant, waar een rijtje obers in witte overhemden en zwarte broeken langs een muur opgesteld stond. Een gerant met een blinkende gouden tand en een oranje strikje wees naar de lange tafels. Al na tien minuten kwamen de obers met dienbladen vol hoog opgetaste borden binnen. Krap en Kowalski keken wantrouwig naar de hoop vaagbruine fijne korrels in het diepe bord, waar een kwak vlees met een donkere saus naast lag.

'Wat is dit,' vroeg Krap.

'Couscous,' zei Toby. 'Het nationale gerecht.'

'Hebben ze niks anders? Karbonade of zo.'

'Die zijn in geen velden of wegen te vinden.'

'Natuurlijk,' zei Kowalski. 'Ze hebben hier geen veestapel.'

'Islamieten mogen geen varkensvlees eten,' zei Toby.

'Net als Joden,' zei Krap. 'Maar wat heb ik daarmee te maken?'

'In het hotel kun je eten wat je wilt,' zei Toby. 'Hier eet je wat de pot schaft.'

'Ik begrijp niet wat die mensen tegen varkens hebben,' zei Kowalski. 'Ik vind het heel lieve dieren. En dat ze vies zouden zijn, is een leugen. Weet je nog, Krap, toen wij die varkenshouderij bezochten? Hoe schoon die dieren eruitzagen?'

'Wat moet dit voorstellen,' zei Krap en hij keerde een lepel couscous boven zijn bord leeg. 'Het lijkt verdomme wel zand.'

'Het is zand. Proef maar,' zei Toby en ze nam een hap. 'Je moet het vlees en die scherpe saus erdoor roeren, dan is het best te eten.'

Kowalski en Krap aten met lange tanden en alleen maar omdat ze honger hadden.

Na de maaltijd en een klein kopje mierzoete koffie werd de reis voortgezet. Opnieuw niets dan zand, zover het oog reikte. De chauffeur pakte zijn microfoon en begon een referaat over de geschiedenis van Carthago. Krap en Kowalski luisterden nauwelijks. Het enige wat bij hen bleef hangen was dat er drie Punische oorlogen waren geweest tegen de Romeinen, die de stad na 146 voor Christus met de grond gelijk hadden gemaakt. Als dat zo was, waar reden ze dan heen? De chauffeur verklaarde dat ze na een halfuur de eerste overgebleven zuilen van de verwoeste stad zouden zien. Een aantal vakantiegangers bracht zijn camera al in gereedheid. Maar viel er straks wel iets te fotograferen?

Opgewonden liep de groep toeristen onder aanvoering van de dikke chauffeur tussen brokstukken van muren, stukken marmer, pilasters en een paar afgeknotte zuilen rond. Tussen de stenen groeide stekelig onkruid dat vet aanvoelde als je de gekartelde blaadjes vastpakte. Toby, Kowalski en Krap sloten zich niet bij de groep aan maar liepen op eigen gelegenheid rond. Krap moest boeren van de couscous. Wat was in 's hemelsnaam het doel van deze excursie? Toby vroeg zich in gemoede af of ze haar klanten deze trip wel moest aanbieden.

'Mensen houden van alles wat kapot is,' zei Krap.

'Hoe kom je daarbij,' vroeg Toby.

'De ruïnentheorie,' zei Krap. 'Zo nemen ze een voorschot op hun eigen verdwijning. Ze koesteren zich in hun ophanden zijnde dood. Maar omdat ze nog niet dood zijn, leven ze op bij het zien van de onvermijdelijke toekomst. Net als mensen op een begrafenis. Die zijn heimelijk ook altijd blij dat ze er nog zijn.'

Volgens Kowalski viel daar niets tegen in te brengen. Hij was blij dat hij er nog was. Bij een plas water in een greppel voor een stenen muurtje bleef hij staan. In het water bewoog iets.

'Moet je zien,' zei hij. 'Kikkertjes.'

Ook Krap en Toby bogen zich voorover. 'Wat moeten die hier in deze zandbak,' vroeg Toby zich af. 'Waar komen die in godsnaam vandaan?'

'Misschien uit zee,' zei Kowalski.

'Kikkers zijn zoetwaterdieren, schat,' zei Toby.

'Door de lucht meegevoerd,' zei Krap met grote stelligheid.

De twee anderen keken hem met gefronste wenkbrauwen aan. Door de lucht?

'Er woeden hier soms enorme tornado's. Die zuigen alles wat ze op de grond vinden als een stofzuiger in een wervelende kolom omhoog tot in de stratosfeer. Daar worden ze door straalwinden soms honderden kilometers meegevoerd en komen dan met de regen weer naar beneden. Die kikkers komen van heel ver landinwaarts.'

Toby en Kowalski keken met ontzag naar de paar driftig rondzwemmende kikkertjes in de plas.

'Maar die zijn toch ten dode opgeschreven,' vroeg Toby.

'Net als Carthago,' zei Krap. 'Kom, laten we teruggaan naar de bus.'

Op de terugweg gaf een luidruchtige Amerikaanse vrouw van middelbare leeftijd met lila geverfd haar (of was het een pruik?) te kennen dat zij 'heel nodig moest'. Kowalski fluisterde dat hij ook nodig moest en na een paar seconden verklaarde Krap dat ook hij zijn blaas hoognodig moest legen. De bus draaide naar de kant van de weg en stopte. Toby keek het tweetal in hun zandkleurige pakken na zoals ze daar de woestijn in marcheerden, toen bleven staan en als twee schooljongens naast elkaar een plas deden. Door de kleur van hun pakken leken zij in de omgeving op te lossen. Waarom kwamen ze nu niet terug maar liepen ze nog verder de woestijn in?

'Hoor je dat,' zei Kowalski. 'Je hoort die paarse vrouw klateren. Kun je nagaan hoe stil het hier is.'

'Ik hoor nog iets anders,' zei Krap. 'Een soort ruisen dat niet afkomstig is van de Amerikaanse en daar doorheen een zacht en regelmatig bonzen.'

'Ja, nu hoor ik het ook,' zei Kowalski.

'Dat is het stromen van je bloed en je eigen kloppende hart,' zei Krap.

'Kun je nagaan hoe stil het hier is,' zei Kowalski nog een keer.

Toby zag hoe de twee bij hun terugkeer naar de bus met iedere stap meer contour kregen, tot ze hun normale driedimensionale gestalte weer hadden aangenomen.

Die avond at Krap een kotelet. Droog als een schoenzool. Kowalski had sardientjes besteld. Armeluiseten, zei Toby.

'Zonder jou zijn wij dat ook,' zei Kowalski.

'Geld speelt hier geen rol,' zei Toby opgewekt.

'Als dat eens echt waar zou zijn,' zei Krap. 'Als die pest eens de wereld uit zou zijn.'

'Weet je nog die enorme inflatie van tien jaar geleden,' zei Toby. 'Het geld bestond wel, maar omdat het waardeloos was ging iedereen over tot ruilhandel.'

Kowalski knikte. Dat herinnerde hij zich nog goed. 'Ik vond het wel gezellig,' zei hij. 'Al dat loven en bieden.'

'Je was er anders wel de hele dag zoet mee,' zei Toby.

'Geld is een afspraak,' zei Krap. 'Meer niet.'

'Toch is het handig,' zei Toby. 'Toen het geld niets meer waard was moest je de hele dag met dingen slepen. Ik heb nog eens met een naaimachine de halve stad door gesjouwd om hem te ruilen voor een tweedehands fiets.'

'Wat is meer waard, een naaimachine of een fiets,' vroeg Kowalski.

'Dat hangt ervan af,' zei Toby. 'Als je handig bent, zoals ik, ruil je hem voor een fiets plus drie worsten.'

'Drie worsten winst,' zei Kowalski.

'Dat is omgerekend nog niets,' zei Krapp, wie het gesprek begon te vervelen.

De volgende ochtend werd Krap gewekt door de telefoon naast zijn bed. Het was Toby.

'Dag Spreeuw,' zei hij.

'Noem me geen spreeuw. Je wordt om elf uur in het kantoor van Al Mak-Baar verwacht. En denk erom, Krap, je bent inspecteur van het internationaal toerisme en niets anders. Al Mak-Baar is een echte heer, dus gedraag je.'

'Een mens kan niets anders dan zich gedragen,' zei Krap kortaf en hij legde neer. Hij ging op de rand van zijn bed zitten, pakte de telefoon en draaide het kamernummer van Kowalski. Pas nadat de telefoon voor de vijfde keer was overgegaan werd er opgenomen.

'Hallo,' zei Kowalski slaperig, 'met wie spreek ik.'

'Met mij,' zei Krap. 'Om elf uur moet ik bij die Al Mak-Baar zijn. Jij gaat mee als mijn secretaris. In een van de bureaulaatjes ligt een notitieblok. Neem dat mee om een verslag te maken.'

Bij het ontbijt schepte Kowalski zijn bord nog steeds even vol als de eerste keer.

'Waarom doe je dat,' zei Krap, die een voorbeeld aan Toby had genomen en voor een bakje yoghurt met muesli zat. 'Je barst nog eens uit elkaar.'

'Het staat ervoor,' zei Kowalski en hij tikte op de badge op zijn revers.

'Je bent ordinair,' zei Krap. 'Je lijkt wel een van die toeristen hier.'

Kowalski at gestaag door. Toen hij zijn mond leeg had, zei hij: 'Je weet nooit wat de dag van morgen brengt. Weet je nog in het Thuisland? Je wist nooit wat er de volgende dag voor ontbijt zou zijn. Nu eens waren de eieren op, dan was er weer geen boter te krijgen of een eenvoudig stukje worst of kaas.'

'Je raakt verwend,' zei Krap. 'Als je niet uitkijkt groei je nog uit tot een dikke kapitalist.'

'Ik rook anders geen sigaren,' zei Kowalski.

'Veeg je mond af. We moeten gaan,' zei Krap, op zijn horloge kijkend.

Het kantoor van Al Mak-Baar. Het reeds beschreven plexiglazen bureau met de twee eveneens doorzichtige stoelen, de muisgrijze bank. Op een laag tafeltje voor de bank een kristallen karaf met cognac en drie cognacglazen, daarnaast een zilveren koffiekan en, op een dienblaadje, drie koffiekopjes, een suikerpot en drie lepeltjes. Al Mak-Baar komt binnen. Hij is gekleed in een lichtblauw kostuum met bruine gevlochten schoenen, model mocassin. Zijn zwarte haar draagt hij met een scherpe scheiding in het midden; zijn vierkante snorretje zou Europeanen op bepaalde gedachten kunnen brengen. Zijn lichtbruine gezicht vertoont fijne trekken. Ogen: lichtgroen. Een volle mond met dunne lippen. Al Mak-Baar gaat achter het bureau zitten en kijkt daarna op zijn horloge. Lange stilte. Dan wordt er geklopt.

AL MAK-BAAR
Binnen!

Krap en Kowalski komen binnen. Al Mak-Baar staat op, loopt hen tegemoet en schudt hen de hand. Daarna wijst hij op de muisgrijze bank. Voor hij zelf gaat zitten schenkt hij koffie voor zijn gasten in. Zonder iets te vragen giet hij de drie gereedstaande cognacglazen vol.

AL MAK-BAAR

Gezondheid, mijne heren! Ik ben benieuwd naar uw ervaringen. Als inspecteurs van het internationaal toerisme moet u over het nodige vergelijkingsmateriaal beschikken.

KRAP

Wij zijn diep onder de indruk.

KOWALSKI

Het is als een sprookje. Alleen...

AL MAK-BAAR

Ja?

KOWALSKI

Waarom hangt er in het toilet zwart wc-papier?

AL MAK-BAAR (*lachend*)

Ik moet zeggen, u let wel op de details, meneer Kowalski. Het was een aanbod van een Japanse firma. Het maakt de noodzakelijke gang naar het toilet tot iets chics, iets met stijl en klasse, vindt u niet?

KRAP

Precies. Maar we zijn hier niet gekomen om over toiletpapier te praten.

AL MAK-BAAR

En evenmin over liften, naar ik mag hopen.

Al Mak-Baar schenkt opnieuw de glazen vol. Ze toasten.

KRAP

Ik heb de plattegrond van het complex nauwkeurig bestudeerd. Zoals ik al eerder zei zie ik mogelijkheden om het complex verder uit te breiden. Niet zozeer om de hotelcapaciteit te vergroten als wel om de directe omgeving in cultuur te brengen. U zou er producten kunnen laten verbouwen die in uw keukens verwerkt zouden kunnen worden. Op die manier bespaart u kosten en zorgt u tevens voor werkgelegenheid. Ik schat dat er werk voor zo'n vijfhonderd man in de fruit- en groenteteelt is. Een deel zou gedaan kunnen worden door arbeiders van buitenaf, het andere deel door de gasten.

AL MAK-BAAR

Door de gasten? Hoe bedoelt u?

KRAP

Kowalski, vergeet niet alles te noteren.

We hebben hier de afgelopen dagen rondgelopen en gezien hoeveel gasten door uw personeel bezig worden gehouden met sportwedstrijden, bonte avonden, spelletjes, gymnastiek, wat niet al.

AL MAK-BAAR

U bedoelt ons ontspanningsprogramma.

KRAP

Noem het zoals u wilt. Uw gasten hebben daar al na een week genoeg van. Dan beginnen ze zich te vervelen. Wat is er edeler dan een werkvakantie waarin eenieder naast het programma dat u aanbiedt zich nuttig kan maken voor de gemeenschap die Pleasure Dome zou kunnen zijn. Zo kweekt u onderlinge solidariteit en ontstaan er vriendschapsbanden tussen de hotelgasten, iets dat gezien al die eenzame mannen en vrouwen die hier rondlopen, geen overbodige luxe zou zijn.

AL MAK-BAAR (*terwijl hij de glazen nog eens bijvult*)

Grootse plannen. Zeer de moeite waard. Maar het geld. Waar haal ik het geld vandaan?

KRAP

Daar heb ik ook aan gedacht. Vanuit Europa zijn er allerlei fondsen die zich bezighouden met ontwikkelingsprojecten in de derde wereld. Geldschieters daar raken steeds meer geïnteresseerd in ideële projecten. Daar komt nog iets bij: door de plaatselijke bevolking in te schakelen bij de ontginning van de gronden die al in uw bezit zijn reduceert u het gevaar dat langdurige werkloosheid met zich meebrengt.

AL MAK-BAAR

Wat voor gevaar?

KRAP

Zoals u zelf ook wel weet bestaat er een groot verschil in welvaart tussen de wereld buiten en binnen de muren van Pleasure Dome. Het is voorstelbaar dat de arme bevolking op een gegeven ogenblik in opstand zou komen, het complex zou bestormen en tot plundering of nog erger, tot brandstichting zou overgaan.

AL MAK-BAAR

Daar heb ik nooit zo bij stilgestaan.

KRAP

U krijgt later een kopie van het verslag dat mijn secretaris van dit gesprek maakt.

AL MAK-BAAR

Laten we eerst nog eens iets drinken op de toekomst van Pleasure Dome.
Proost!

KOWALSKI

De toekomst is aan de toekomst.

KRAP

Nee, Kowalski. De toekomst is aan ons.

KOWALSKI

Dat bedoelde ik ook. Een gelukkiger wereld. Daar zijn wij naar op zoek.

AL MAK-BAAR

Geluk is mijn corebusiness.

KRAP

Precies. En wat staat het menselijk geluk in de weg? Regels en plichten die instituties de mens opleggen. Naast de wet van de zwaartekracht bestaat er ook een wet van de wederzijdse aantrekkingskracht. De mens is niet geboren om eenzaam te zijn.

AL MAK-BAAR

U heeft volkomen gelijk. Daarom bieden wij onze gasten een geheel verzorgd verblijf aan. Van de wieg tot het graf om het zo maar eens te zeggen. Voor de duur van het verblijf raakt niemand geld aan en leeft zo in een wereld van luxe en overdaad. Het land van Kokanje! Wij begrijpen elkaar volkomen, meneer Krap.

KRAP

Het uitbannen van het gouden kalf. Het is een eerste stap naar een wereld waarin niet het geld, maar het genot gekoppeld aan werklust de boventoon voert.

KOWALSKI

Hoe schrijf je Kokanje?

KRAP

Correcties voeren we later wel door, Kowalski. Eigenlijk zou ik nog wel een slokje van die voortreffelijke cognac lusten.

KOWALSKI

Ik sla het ook niet af.

AL MAK-BAAR (*schenkt de glazen opnieuw vol*)

Genot en lust.

KRAP

Mag ik vragen of u getrouwd bent?

AL MAK-BAAR

Genot en lust. Ik heb een vrouw en een vriendin.

KRAP

Dan begrijpen wij elkaar. De mens heeft zich laten opsluiten in het huwelijk. Door de samenlevingsvorm van man en vrouw te beperken tot de huwelijkse staat met zijn belachelijke eis van eeuwige trouw aan dezelfde persoon, raakt eenieder gefrustreerd. Net zoals de mens recht heeft op een sociaal minimum zou hij recht moeten hebben op een seksueel minimum.

KOWALSKI

De rode droom!

KRAP

Schrijf jij nou maar, Kowalski, en val me niet steeds in de rede. Als man van twee vrouwen moet het u toch ook zijn opgevallen hoeveel gehuwde vrouwen er hier niet reikhalzend uitzien naar een andere man?

AL MAK-BAAR

Buiten de poort van Pleasure Dome bestaat daartoe volop gelegenheid. Ik ben niet verantwoordelijk voor wat zich daar in de duinen allemaal afspeelt.

KRAP

Precies. Buiten uw poort. En daardoor loopt u ook de revenuen mis die er uit de vrije liefde zouden kunnen voortkomen.

AL MAK-BAAR

Ik volg u niet langer.

KRAP

Binnen het kader van de luxe en overdaad die u uw gasten biedt zou ook het gelegenheid geven tot seksuele voldoening op de weg van Pleasure Dome moeten liggen. U voegt slechts een nieuw aspect aan uw reeds bestaande animatie-aanbod toe.

AL MAK-BAAR

Ik begrijp nog steeds niet helemaal wat u bedoelt.

KRAP

Er is ruimte genoeg tot het inrichten van een aan de hoogste eisen voldoende rendez-vousgelegenheid. In plaats van of als aanvulling op de wekelijkse dansavonden. Een romantische omgeving waar mannen en vrouwen zich kunnen afzonderen en zich overgeven aan een spel van lust en plezier. Ik zie dat u mij nog steeds niet helemaal begrijpt. Wat ik bedoel is een harem. Geheel in traditionele stijl natuurlijk. Gesluierde schonen, ligbanken. Schemerige ruimtes waarin mensen zich over kunnen geven aan de anonieme liefde, die de enige ware want natuurlijke liefde is.

AL MAK-BAAR

Een harem??

Al Mak-Baar raakt in een staat van opperste opwinding. Hij komt van de bank af en doet een paar waggelende stappen in de richting van het achterraam.

Een bordeel! Daar is het u dus om te doen. U wilt van Pleasure Dome een ordinaire hoerenkast maken.

KOWALSKI

Krap heeft gezegd (*leest voor*): een rendez-vousgelegenheid die aan de hoogste eisen voldoet.

AL MAK-BAAR

U wilt van mijn gasten pooiers en hoeren maken! Hoe durft u zoiets voor te stellen. Een stelletje decadente westerlingen zijn jullie. Eruit en wel nu meteen!!

Krap en Kowalski krabbelen schielijk overeind. Ook zij staan niet meer al te vast op hun benen.

KRAP

U begrijpt het niet.

KOWALSKI

De rode droom!

Al Mak-Baar duwt het tweetal in de richting van de deur en gooit ze zijn kantoor uit.

Het viel niet te ontkennen. Krap en Kowalski waren dronken. Kraps missie was mislukt en Kowalski's aantekeningen waren grotendeels onleesbaar. Ze wankelden terug naar hun kamers. Zo gauw ze op bed lagen vielen ze in een diepe slaap. Een uur later werden ze wakker van een doordringende vrouwengil. Een paar minuten later hoorden ze Toby's hoge hakken nijdig over de gang tikken.

Wat moest ze doen? Die twee dreigden haar hele missie in het honderd te sturen. Er zat maar één ding op. Al Mak-Baar had bij een vorige gelegenheid laten merken dat hij waardering had voor haar charmes. Nu was ze bereid die in de strijd te gooien. Toen ze een uur later terugkeerde naar haar kamer waren Krap en Kowalski verdwenen. Het kon haar eerlijk gezegd geen barst schelen. Ze had die twee idioten nooit mee moeten nemen. Gelukkig had ze Al Mak-Baar weten te kalmeren. Morgen zouden ze het contract ondertekenen.

Ondertussen waren Krap en Kowalski ruw van hun bed gelicht door twee militairen. Ze overhandigden hun een papier vol Arabische letters. De ene soldaat wees met een duim over zijn schouder. Ze kregen tien minuten om hun koffers te pakken. Daarna werden ze met een jeep naar het vliegveld gereden. Daar werden hun paspoorten door douaniers van een woedend stempel voorzien. Twee uur later zaten ze in het vliegtuig naar huis. De stewardess kon het papier wel lezen. U bent als ongewenste vreemdelingen het land uit gewezen, zei ze.

Krap en Kowalski hadden barstende koppijn van de cognac en een onblusbare nadorst. Ze vroegen om bier, maar omdat ze in een toestel van de Tunesische luchtvaartmaatschappij zaten, konden ze alleen maar water krijgen. Ze dronken er ieder minstens een liter van. Een uur lang zwegen ze, nog steeds verbijsterd door de snelheid waarmee de gebeurtenissen zich hadden voltrokken. Toen zei Krap: 'Wat bedoelde je eigenlijk met "de rode droom"?'

'O niets,' zei Kowalski. 'Iets van vroeger.'

'Iets politieks dus.'

'Nee, eerder. Het was in de tijd dat ik jong was en verliefd op een beeldschoon meisje met rood haar. Ik schreef gedichten die ik haar niet durfde te laten lezen.'

'Gedichten? Alleen slappelingen en flikkers schrijven

poëzie. Een vrouw is er om veroverd te worden, niet om gedichten over te schrijven.'

'Je kunt ook allebei doen,' zei Kowalski.

'En, heb je haar gepakt?'

'Ze was pas tien.'

'Jij zult wel altijd een kind blijven,' zei Krap.

'Hoe moet het nu verder met ons,' zei Kowalski.

Krap zweeg.

5

Toen Krap en Kowalski ten slotte, na een lange reis, weer thuiskwamen in K. waren zij alleen een aantekening in hun paspoort rijker, waarin stond dat zij als 'ongewenste vreemdeling' Tunesië uit waren gezet. Hun verblijf in Pleasure Dome leek nu pas echt een droom. Maar ook K. had iets onwezenlijks. Het sneeuwde, net als bij hun vertrek. De scheiding tussen middenweg en trottoirs was door een dikke sneeuwlaag opgeheven. Ze keken, met hun koffers in de hand, naar het neerdwarrelende vlokkengordijn. Op het stationsplein stonden trams als verlaten gelig verlichte kamers op wielen. Onder de stalen hoeden van de straatlantaarns, die op helmen leken, danste de sneeuw. Zo nu en dan kwam er een auto voorbij. De banden maakten een slurpend geluid en lieten zwarte sporen op het besneeuwde wegdek achter. Het was laat. De trams op de rotonde stonden klaar voor hun laatste rit. Krap en Kowalski namen lijn 13 naar de Frederikstraat. Op het laatste moment stapte er een meisje in met een rood regenhoedje en een hond die wel iets weg had van Brutus. Ze nam geen notitie van het tweetal dat tegenover elkaar op de bruine bankjes van hardplastic naar buiten keek. De tram maakte een bocht naar links en reed de Weg van de Overwinning in.

'Zie je dat,' zei Krap. 'Ze hebben de straatnaam veranderd. Hij heet nu de Weg tot de Wetenschap.'

'Het zijn maar namen,' zei Kowalski. 'Namen kun je veranderen, maar de straten blijven hetzelfde.'

De stad leek uitgestorven. Halverwege stapte het meisje met de hond uit. Zij waren nu de enige passagiers. De trammotor maakte een geluid alsof daarbinnen een vliegwiel dol was gedraaid. Ze kwamen langs het volkspark. De bomen langs de rand leken de sneeuw op hun takken maar met moeite te kunnen torsen. De volgende halte moesten ze eruit. Krap ging met zijn kunstleren koffer naar links, Kowalski liep met zijn met twee riemen dichtgesnoerde valies naar rechts. Ze vergaten elkaar gedag te zeggen. Of misschien hadden ze op dat moment wel even genoeg van elkaar.

Kowalski vond al zijn cyclamen en begonia's dood en besloot de volgende morgen nieuwe te gaan kopen, als zijn bijstandsuitkering tenminste op zijn rekening stond. Krap vond toen hij thuiskwam een bericht van het postkantoor dat er een pakje voor hem was aangekomen dat hij de volgende dag op het postkantoor bij hem in de buurt kon afhalen. Hij vroeg zich af wie hem een pakje kon hebben gestuurd. Op het bericht van de post stond dat hij zijn paspoort 'of een ander geldig identiteitsdocument' moest tonen om het pakje in ontvangst te kunnen nemen. Er stond niet bij van wie de zending afkomstig was.

Kowalski begon nog die nacht aan het slot van zijn ode. Daarin schreef hij:

Welk een bitter lot
zo te worden afgewezen
als ongewenste vreemdeling

verder te moeten dwalen
in een wereld niet langer de mijne.

Hier hield hij even op met schrijven om een traan weg te
pinken. Toen vervolgde hij:

Verwezen kijkt de vreemdeling om zich heen
zijn wereld is verdwenen, vervangen door decors:
acteur is hij in een stuk dat hij niet zelf geschreven heeft.

Dat laatste gaf precies zijn stemming weer (en was nog waar
ook). Hij woonde in het voormalige Thuisland, was te oud
om werk te vinden en in zijn paspoort stond zwart op wit
dat hij een ongewenste vreemdeling was. Het was om te hui-
len en dat deed hij dan ook, stil en zachtjes, zodat de buren
hem niet zouden horen.

De volgende ochtend ging Krap naar het postkantoor om het pakje op te halen. Het was bitter koud, de straten waren nog verder ondergesneeuwd. Om hem heen niets dan rode lopende neuzen, petten en strakgetrokken hoofddoeken. Niemand keek op of om. Vroeger verschenen er meteen sneeuwruimers op straat, met hun brede houten schuiven, maar nu leek niemand aanstalten te maken. Alleen een paar winkeliers hadden de sneeuw voor hun winkel weggeschept.

Het pak woog zwaar. Hij nam het onder zijn arm en schoof voorzichtig huiswaarts. Thuisgekomen sneed hij het karton met een broodmes open.

Iemand had het Liftenmuseum opgeruimd, had de tafel met lego-steentjes gevonden en geïnformeerd van wie die konden zijn. Krap keek naar de keurige rijen grijze steentjes. Bouwstenen voor een nieuwe stad. Maar hij voelde zich geen bouwmeester, eerder een onbegrepen genie. Een ogenblik gaf hij zich, aan tafel zittend en met zijn vingers de steentjes optillend en weer neerleggend, aan zelfmedelijden over, toen sloot hij de doos met een vloek en stond op. Alle kans dat die Al Mak-Baar daar in Tunesië al begonnen was zijn plannen in de praktijk te brengen. Een hoerenkast had die zijn plan tot planmatige seksuele ontlading genoemd. Een bang burgermannetje, een vent zonder visie was het!

Krap trok zijn jas aan en nam de tram. De geribbelde metalen vloer zag modderig bruin van de sneeuw. Hartje winter, maar in Kraps hart gloeide het vuur van een alles verterende overtuiging: eens zou de wereld naar hem luisteren; eens zou hij zijn wet van de wederzijdse aantrekkingskracht op de juiste wijze over het voetlicht brengen. Op het Merzplein stapte hij uit en ging een volkskoffiehuis binnen. Een warme kop koffie met cognac en dan aan het werk! In het bedompte lokaal rook het naar kool en gehakt. De vrouw achter de toonbank, haar grijze haar met een paar spelden slordig opgestoken, had blijkbaar nog nooit een kookboek ter hand genomen. Eigenlijk waren de mensen het niet waard dat hij over hun toekomst nadacht. Ze liepen achter de nieuwe leiders aan omdat ze nu eenmaal kuddedieren waren en iemand de leider moest zijn.

Krap roerde in zijn koffie. Nee, hij wilde geen leider zijn. Zodra zijn maatschappelijke orde was gesticht zou hij zich terugtrekken op het platteland en zijn verdere leven wijden aan tuinieren en de bestudering van de natuur. De vrouw achter de toonbank zette de radio harder. Met haar handen op haar brede heupen deinde ze mee op de muziek van een rockband. Krap bekeek het tafereel met minachting. Iedereen wilde zo gauw mogelijk overstappen op de mode van het Buurland, de vrouw was kennelijk vergeten dat ze nog maar een paar jaar geleden mee had gedaan aan van die georganiseerde volksdansfeesten, al moest Krap toegeven dat die stomvervelend waren geweest. Eigenlijk had hij niets met muziek en nog minder met dansen. Doelloze bewegingen, gestileerde paarbewegingen die je beter voor in bed kon bewaren.

De deur van Hotel Victoria was in een krans van gekleurde lampjes gevat, als voorschot op de komende kerstdagen. Ook in de bar hingen kerstklokken vanaf het plafond. De ronde tafel voor het raam, waar hij Kowalski voor het eerst deelgenoot had gemaakt van zijn wet van de wederzijdse aantrekkingskracht, had plaatsgemaakt voor een kerstboom vol zilverkleurige ballen en engelenhaar. Naast de in groen crêpepapier verpakte pot stond een plastic emmer met water, maar aan het plaatsen van kaarsjes was Drago nog niet toegekomen. De ventilator van een koelkast zoemde. Drago zat op een barkruk voor zijn eigen bar de krant te lezen.

'Zo, Krap,' zei hij. 'Dat is lang geleden. Je ziet er goed uit, bruin geworden.'

'Ik ben naar Tunesië geweest.'

'Zo?' Er klonk ontzag door in Drago's stem. Wie had het geld om zo ver te reizen?

'Zaken,' zei Krap. 'Ik ga daar misschien iets beginnen.'

'Alles beter dan hier blijven,' beaamde Drago. 'De loop is er totaal uit, vooral nu het boven gesloten is.'

'Gesloten?'

'De meisjes zijn een voor een vertrokken. Eerst Eline, toen Willy en ten slotte Lola. Allemaal naar het Buurland. Ik zit hier avonden alleen. Neem wat van me.'

Drago liep om de bar heen en schonk voor Krap en zichzelf een wodka in. Daarna kwam hij weer naast Krap zitten. 'Heil Hitler,' riep de middelste papegaai in de vensterbank. De ijskast trilde en stopte toen abrupt met zoemen. Drago en Krap keken zwijgend naar buiten.

'Eerst om het hele Thuisland prikkeldraad en wachttorens,' zei Krap. 'Toen probeerden ze ook al te vluchten. En nu de versperringen verdwenen zijn, is helemaal het hek van de dam. Wie blijven er over?'

'De sukkels,' zei Drago, 'mensen zoals ik. Ik ben al bijna zestig en op Joegoslaven zit niemand in het Westen te wachten. Weet je trouwens wat ze met die honden van de grenswachten gedaan hebben? Losgelaten. Ze vormden roedels in de grensgebieden en vielen mensen aan. Zo was het die arme beesten tenslotte geleerd. Nu heeft het leger ingegrepen en zijn ze allemaal doodgeschoten. Hier staat het.' Drago tikte met een vinger op de opengeslagen krant.

'Daar was het zomer,' zei Krap. 'Negentien graden en vaak warmer nog.'

'Hier blijft het voorlopig winter,' zei Drago.

'Ze laten de sneeuw gewoon op straat liggen,' zei Krap. 'Niemand doet iets.'

Ze namen nog een borrel.

'Sinds de opheffing ligt alles op zijn reet,' zei Drago.

'Helemaal als iedereen hem smeert,' zei Krap.

'Een leeglopend land,' zei Drago. 'Als een fietsband. Pfft.'

Nog één keer hanteerde hij de fles, die hij voor zich op de bar had laten staan.

Een ogenblik keken ze naar buiten, waar het nog steeds sneeuwde.

Kowalski had de potten met verdorde begonia's in twee vuilniszakken gestopt en zette die op de hoek van de Frederikstraat. Hij liep naar de markthal een paar straten verderop en kocht nieuwe potten begonia's. Niet zoveel als er langs de plinten van zijn kamer gestaan hadden. Daar had hij het geld niet meer voor. In een vensterbank zat een zwarte kat met een wit befje. Kowalski bleef staan en zette zijn plastic tassen met planten in de sneeuw om het dier te aaien. Zijn oog viel op een van de ouderwetse peperbussen op de hoek van de straat. Vroeger waren die beplakt met aankondigingen voor politieke manifestaties en sportwedstrijden, nu hingen ze vol affiches van discotheken en kleine buurttheaters. Naast een aankondiging voor een toneelvoorstelling van een stuk van Ionesco hing een plakkaat van het Huis der Kunsten, het belangrijkste museum van K.. 'Het Museum van het Dagelijks Leven' stond er. De tentoonstelling zou nog tot midden februari blijven. Zou dat hetzelfde museum zijn waar Varov en zijn studenten zich in het pakhuis aan de haven mee bezig hadden gehouden? Hij pakte zijn tassen weer op. De kat was verdwenen. Kowalski dacht aan Toby. Die zou hij nooit meer zien. De ode die hij aan haar had gewijd lag in de la van zijn keukentafel. Zelfs Krap zou hij hem niet laten lezen. Vooral Krap niet, volgens wie dichters slappelingen en flikkers waren.

Toen hij thuiskwam en de nieuwe planten langs de muur had opgesteld en water had gegeven, pakte hij de telefoon en belde Krap.

'Is er wat,' vroeg Krap.

'Ik vroeg me af of je nog iets van Toby hebt gehoord.'

'Dat tyfuswijf. Zij heeft ons het land uit laten gooien. Ik wil haar nooit meer zien.'

'Dat begrijp ik,' zei Kowalski. 'Maar misschien ben je tegen die Al Mak-Baar ook wel een beetje te hard van stapel gelopen. Ik bedoel, het is toch een andere cultuur. Als je niet over dat bordeel begonnen was...'

'Bordeel,' snauwde Krap, 'een ontmoetingsplek waar de seksen vrijelijk met elkaar kunnen verkeren.'

'Misschien vond Al Mak-Baar dat net iets te vrijelijk.'

Krap zweeg. Om de stilte te doorbreken vertelde Kowalski over het aanplakbiljet van het museum. Hij stelde voor er morgen een kijkje te gaan nemen.

'Dus die slimme Rus heeft zich het museum in geluld,' zei Krap. 'Mooie praatjes genoeg. Maar goed, laten we morgen maar eens gaan kijken.'

Het Huis der Kunsten lag aan de Allee van het Volk, waar ook het historisch museum en het stadsmuseum gevestigd waren. Er stond een rij mensen voor de hoge eikenhouten deuren. Aan de gevel hing een spandoek met de tekst 'Het Museum van het Dagelijks Leven'. Krap en Kowalski sloten achter in de rij aan.

'Ik dacht dat we dat nu wel gehad hadden, ergens voor in de rij staan,' zei Krap.

Hij was jaren geleden een keer in het Huis der Kunsten geweest. Hij herinnerde zich enorme schilderijen van werkende boeren en boerinnen op het land, snoeverige portretten van partijbonzen en potsierlijke imitaties van Griekse beelden.

Het meisje aan de kassa keek Krap en Kowalski even strak aan en besliste toen dat zij als gepensioneerden recht op vrije toegang hadden. Kowalski had niet de moed om te protesteren en ook Krap liet het gelaten over zich heen komen. De hele benedenverdieping was gewijd aan de tentoonstelling. Krap en Kowalski herkenden veel van de tentoongestelde objecten. De bruine bussen Daka-thee, een stofzuiger van het merk Plato, de spichtige Bronemeijer-stoelen met hun breekbare rugspijlen, de ijskast van Ferree, een krantenbak vol oude nummers van het dagblad *Het Uur van de Waarheid*. De bezoekers, de meeste van de leeftijd van Krap en Kowalski of nog ouder, wezen elkaar enthousiast gebruiksvoorwerpen aan. Wat was dit? Nostalgie, een feest der herkenning?

'Als dit kunst is, zijn wij het ook,' zei Krap snuivend.

'Misschien is het leven zelf kunst geworden,' vermoedde Kowalski.

'Ons verdwenen leven,' zei Krap. 'Wat een belabberde troep allemaal. Moet je zo'n Funktion-fiets zien.'

'Ik heb er ook zo een gehad,' zei Kowalski. 'Je moest er kaarsrecht op zitten. Ik ben er een keer mee tegen een stoeprand gereden. Meteen sloeg het hele voorwiel dubbel.'

Ze bleven voor een Vanboot-haard staan. Achter de mica raampjes gloeide een kunstmatig vuur. Krap keek achter de mantel en ontdekte het stopcontact.

'Kunstvuur,' zei hij.

'Alles lijkt hier onecht,' zei Kowalski.

'Misschien omdat het in een museum staat,' zei Krap. 'Als je het dagelijks leven uit zijn verband rukt, verandert het.'

'Dat zei ik je al,' zei Kowalski. 'Dan wordt het kunst.'

'Volgens die maffe Rus dan. Wat wil hij hier in godsnaam mee zeggen?'

'Dat ook onze dagelijkse omgeving niet echt was, denk ik,' zei Kowalski.

'Maak dat de kat wijs,' zei Krap en hij beende een zaal vol schemerlampen, kapstokken en een uitstalling van keukengerei en koekenpannen door.

'Zo'n melkkan heb ik ook,' zei Kowalski en hij wees op een geëmailleerde kan waar hier en daar flinters email van af waren gesprongen. 'Maar de mijne is nog helemaal gaaf.'

'Bof jij even,' zei Krap. 'Dan heb je nu een kunstwerk in

huis. Kom, ik laat me niet langer belazeren.'

In de hal van het museum met zijn glazen dak zagen ze Jochem, de kunststudent, staan. Hij was geheel in het zwart gekleed, maar zijn lange haren waren verdwenen en hij droeg nu een gemillimeterd kapsel.

'Dag meneer Krap,' zei hij. 'Hoe gaat het sinds de laatste keer?'

'Die keer zal ik niet licht vergeten. Jullie waren toch een stuk burgerlijker dan ik had gedacht.'

'Burgerlijk is cool,' zei Jochem.

'Hoe bedoel je,' vroeg Kowalski. 'Koel? En wat zijn wij dan?'

'Op kamertemperatuur,' zei Jochem. 'Niet warm, niet koud, iets ertussenin. Hoe vond u de tentoonstelling trouwens?'

'Hoe komt het Huis der Kunsten erbij die troep te exposeren,' vroeg Krap en hij priemde met een wijsvinger in Jochems zwarte trui.

'We moesten het pakhuis uit. Toen heeft Varov ervoor gezorgd dat de hele boel hierheen kon worden gebracht. Als de tentoonstelling afgelopen is wordt alles opgeslagen. De directeur, Alfred Meijer, zei dat het met de jaren alleen maar interessanter wordt.'

'En de decors,' vroeg Kowalski, 'wat is daarmee gebeurd?'

'Die waren kunst. Die hebben we verbrand.'

'Dus wat kunst is moet verbrand worden?'

'Ontaarde kunst,' zei Jochem. 'We blijven tenslotte anarchist.'

'En hoe staat het met jullie vrijstaat,' vroeg Krap.

'Een projectontwikkelaar heeft het pakhuis gekocht,' zei

Jochem. 'Hij gaat er dure appartementen in bouwen.'

Krap knikte en zweeg. Een verloren generatie, dacht hij bitter. Met huid en haar overgeleverd aan het kapitalisme. En het ergste is nog dat zij alles lijken te accepteren.

'En Brutus,' vroeg Kowalski. 'Hoe is het met hem?'

Jochem haalde zijn schouders op. 'Die heeft Petra meegenomen.'

'Heeft Brutus Petra meegenomen?'

'Ze is verhuisd,' zei Jochem. Zijn lange gezicht vertoonde een pijnlijke uitdrukking.

'Kom, Kowalski, we moeten gaan,' zei Krap.

'Begrijp jij die mensen,' vroeg Krap, op de lange rij voor het museum wijzend.

'Ja,' zei Kowalski, 'ik begrijp ze wel. Eindelijk gaat het eens over hen.'

'Er wordt ze wijsgemaakt dat hun leven in het Thuisland niet de moeite waard is geweest,' zei Krap.

'Je kunt het verleden niet ontkennen,' zei Kowalski.

'Het verleden ligt achter ons,' zei Krap.

Daar kon Kowalski hem geen ongelijk in geven, hoe graag hij dat ook gewild zou hebben.

Kowalski zat in zijn kamer en keek om zich heen. Onder het raam dat op straat uitkeek stonden zes potten met bloeiende begonia's. De zachtroze bloemetjes bewogen op de tocht. Hij dacht na en schudde toen zijn hoofd. Hij kon Krap geen gelijk geven. Het verleden lag helemaal niet achter je. Het zat in je hoofd en in de dingen om je heen. Je sleepte het overal met je mee. Eigenlijk is iedere kamer een museum, dacht Kowalski. Met de bewoner als enige bezoeker en suppoost. Boven hem begon een radio te spelen. Kowalski dacht aan zijn oude radiotoestel van het merk Futura, aan het rode glazen oog onder de verlichte schaal waarop in schuine rijtjes onder elkaar de stations in Europa stonden vermeld. Met de rechterknop kon je door middel van een naalddunne wijzer de verschillende stations opzoeken. In de loop van de tijd waren de stemmen, sprekend in talen die hij niet verstond, steeds meer verdrongen door de stoorzenders van de regering. Daarom had hij de radio ten slotte verkocht. Nu had hij spijt. Als je die oude Futura aanzette duurde het even voor de buizen warm waren. Dan pas klonken de geluiden in het toestel op. De radio die hij nu had was een transistor. Als je die aanzette stortte het geluid zich direct de kamer in.

Eindelijk kwam Krap ertoe zijn koffer uit te pakken. Hij gooide zijn vuile kleren in de wasmand in de badkamer en legde de plattegrond van Pleasure Dome op tafel. Toen zag hij het benen kammetje op de bodem liggen. Spreeuw. Woedend sloeg hij het deksel dicht en schopte de koffer onder het bed. Hij ging aan tafel zitten en streek de tekening glad. Zijn plannen leken hem nog steeds volstrekt uitvoerbaar. Misschien had Kowalski gelijk en had hij niet meteen tegen Al Mak-Baar over zo'n seksuele gemeenschapsruimte moeten beginnen. Hij had het gelijk aan zijn zijde, maar misschien was hij te ongeduldig geweest. Als je aan het huwelijk kwam, legde je de vinger op de alles beheersende hypocrisie van de burgerman. Maar zijn plan voor een nieuwe wereld stond nog als een huis. Hij knikte voldaan en prikte de plattegrond met vier punaises naast de opengewerkte tekening van de lift. Naast de glazen toren in het midden van het carré van appartementen moest een nog hogere toren komen. Een pijlsnelle lift zou de bezoekers naar de bovenste verdieping brengen, waar een restaurant voor culinaire fijnproevers gevestigd zou worden. Het restaurant zou langzaam om zijn as moeten draaien, zodat de bezoekers al etend nu eens uitzicht op zee zouden hebben en dan weer op de oneindig golvende woestijn. Hij lichtte het deksel van de doos met bouwsteentjes en begon de begrenzing van het complex op tafel uit te zetten. Achter hem ging de deur open. Met een ruk draaide Krap zich om. Er verscheen een brede glimlach op zijn gezicht.

'Ben jij het, Dennis?'

'Wie anders,' zei het donkere jongetje, gekleed in een trainingspak van glanzende donkerblauwe stof en gympen met dikke zolen. Dennis liep naar de tafel en keek naar de rijen steentjes.

'Wat bent u aan het bouwen, opa Krap?'

'Een nieuwe stad, jongen.' Krap wees op de tekening aan de muur.

'Mag ik meehelpen?'

'Natuurlijk, pak maar een stoel en kom naast mij zitten.'

Krap legde uit wat de bedoeling was.

'Heeft iedereen daar eigen dieren,' vroeg Dennis.

'De dieren zijn van iedereen,' zei Krap. 'Alles is van iedereen en dus is iedereen rijk, ook al is er geen geld.'

'Hoe kan dat nou,' vroeg Dennis. 'Je moet toch de winkel in, dingen kopen.'

'Je krijgt aandelen.'

'Net als vroeger bonnen?'

'Deze bonnen zijn anders. Hoe harder je werkt, des te meer aandelen krijg je.'

Dennis knikte. Krap keek naar hem. In de jongen zag hij het begin van begrip dagen. Dat bracht hem op een idee.

'Morgen komen de bewoners.'

'Ik heb thuis een heleboel soldaatjes en andere poppetjes. Zal ik ze gaan halen?'

'Nee, ik bedoel echte, bewegende bewoners.'

'Maar zulke kleine mensen bestaan toch niet?'

230

'Je zult het zien. Kom morgen na schooltijd maar terug.'

Toen Dennis weg was, belde Krap Kowalski.

'Ik heb een nieuw idee,' zei hij.

'Het zal niet je laatste zijn,' zei Kowalski. Hij kon een vermoeide zucht nauwelijks onderdrukken.

'Ik heb me tot nu toe te veel op volwassenen gericht. Die zijn al helemaal verpest door het systeem. Maar kinderen niet, die staan nog open voor nieuwe ideeën. Herinner je je Dennis, die zwarte jongen van mijn Keniaanse benedenburen? Hij was net hier. Samen met hem bouw ik een model voor een nieuw soort stad. Aan de hand daarvan kan ik hem de wet van de wederzijdse aantrekkingskracht uitleggen. Je moet bij de jeugd beginnen. Dat ik daar niet eerder aan heb gedacht. Luister, kom morgenmiddag om vier uur hier. Je moet opschrijven hoe ik het met hem aanpak. Dat kan het begin worden van mijn boek, waarin ik de nieuwe wereld verklaar. Je moet van onderaf beginnen.'

'Ik zal er zijn,' zei Kowalski, plichtsgetrouw als hij was.

Krap verkeerde nu in grote opwinding. Hij trok zijn jas aan. Hij wist waar hij heen moest.

In de ijzerwarenwinkel in de Lejonstraat kocht hij een kleine magneet. Daarna nam hij de tram naar de Zelpass-fabriek. Gelukkig had hij de sleutel van het pand bij zich gehouden. De sneeuw lag in vuile hopen op het parkeerterrein. Zonder moeite kwam Krap binnen, liep naar de fabriekshal en schepte het ijzervijlsel van de vloer in zijn zakken. Hij verheugde zich op Dennis' verbaasde gezicht als hij het ijzervijlsel binnen het carré van de nieuwe stad zou laten bewegen. Het zou de opmaat worden voor zijn ultieme verklaring. Hij zou het eenvoudig moeten houden want eenvoud was het kenmerk van het ware. Alle uitvindingen waren tenslotte simpel als ze je eenmaal helder voor de geest stonden.

Om drie uur die middag zaten Krap en Kowalski al aan tafel klaar. Tussen de steentjes van zijn stad in aanbouw had hij hoopjes glanzend ijzervijlsel gelegd. De magneet met zijn rood geschilderde vork werkte perfect.

Kowalski had voor de gelegenheid een nieuw schrift en een rode balpen aangeschaft. Toen Dennis binnenkwam zochten zijn ogen direct de steentjes op tafel.

'Ga maar zitten,' zei Krap.

'De voorstelling gaat beginnen,' zei Kowalski, die schik had in dat aalvlugge joch met zijn pientere bruine ogen.

Krap wees op de hoopjes ijzervijlsel.

'Dat zijn de mensen. Nu ga ik ze van links naar rechts laten lopen.' Hij hield de magneet onder tafel en zocht de plek op waarboven het eerste hoopje lag. Opeens begon het ijzervijlsel te schuiven.

'En nu dit groepje mensen. Die bewegen net de andere kant op. Kijk maar.' En weer zocht Krap naar de juiste plek en liet het ijzervijlsel over het tafelblad de andere kant op glijden.

'Mag ik ook,' vroeg Dennis.

Krap stond op, gaf hem de magneet en wees hem hoe hij die onder de tafel heen en weer over het blad moest schuiven.

Kowalski trok zijn wenkbrauwen op. Hoe kwam Krap op

zo'n raar idee? Wat had dit te betekenen?

Krap pakte de magneet uit Dennis' hand en vroeg: 'Weet jij hoe dat komt?' Dennis schudde zijn hoofd. 'Dat komt door de wet van de wederzijdse aantrekkingskracht.'

'Hoe weet u dat,' vroeg Dennis. 'Ik zie er niets van.'

'Ontdekt,' zei Krap.

'Wat is ontdekken,' vroeg Dennis.

'Als je nadenkt over de wereld en heel goed om je heen kijkt kom je op een idee, doe je soms een ontdekking.'

'In je hoofd?'

'Precies.'

'Maar hoe weet je of het waar is?'

'Dat heb je net gezien,' zei Krap en hij wees op het ijzervijlsel dat in een waaier op tafel lag uitgespreid.

'Kun je alles denken,' vroeg Dennis.

'Je kunt alles denken,' zei Krap. 'Maar niet alles wat je denkt is waar.'

'Ja, dat weet ik,' zei de jongen. 'Sprookjes zijn niet echt gebeurd en als ik jok is het ook niet waar wat ik zeg.'

Kowalski vond hem slim.

'Neem het universum,' zei Krap. 'Daar gelden ook wetten.'

'God dobbelt niet,' zei Dennis. 'Dat heeft u zelf geschreven.'

'Nee, dat was Einstein, Albert Einstein, een beroemd natuurkundige.'

'Maar dan zaten die wetten al in zijn hoofd. Anders kon hij ze niet ontdekken.'

Krap wist zo gauw niet wat hij daarop moest antwoorden.

'Misschien bestaan er ook wetten die niet in je hoofd passen,' ging Dennis verder. 'Die je niet kunt denken.'

'Zulke wetten zouden geen zin hebben. Iets wat je niet
kunt denken heeft geen reden van bestaan.'

'Dat kun je nooit weten,' zei Dennis. 'Misschien bestaan er
werelden die wij niet kunnen zien. En dat met die magneet
is niet meer dan een trucje, net zoiets als goochelen. U bent
een goochelaar, niets dan een goochelaar.'

Dennis sprong op en begon de kamer rond te dansen. En
steeds maar weer riep hij dat Krap een goochelaar was, niets
dan een goochelaar. Opeens rende hij de deur uit.

Een ogenblik zaten Krap en Kowalski zwijgend aan tafel.
Uit het veld geslagen leek het.

'Ik heb mijn best gedaan,' zei Krap.

'Hij is slim,' zei Kowalski, 'dat moet je toegeven. Want eerlijk is eerlijk. We kunnen niet buiten ons eigen hoofd om
denken. Het kan inderdaad best dat er werelden bestaan die
wij nooit zullen kennen omdat wij daar te klein, te beperkt
voor zijn. Misschien blijft het boek der natuur voor een deel
wel voor ons gesloten. Mijn vader had de Brockhaus-ency-
clopedie. Het waren de enige boeken die wij in huis hadden.
Mijn vader had alle delen gelezen. Maar iedere maand kwamen er supplementen bij. Dan moest hij zijn kennis herzien.
Daar werd hij zo moe van dat hij het ten slotte maar opgaf.'

Krap schudde zijn hoofd.

'De wet van de wederzijdse aantrekkingskracht bestaat,
moet wel bestaan.'

'Waarom?'

'Omdat ik besta, omdat er iets moet zijn, een principe, een
systeem.'

'Of niet,' zei Kowalski.

'Dan zou er niets zijn. Niets dan toeval, en alles zou als los zand aan elkaar hangen.'

Kowalski zweeg.

'Maar wat is dan de zin van het leven volgens jou,' vroeg Krap.

Kowalski haalde zijn schouders op, stond op en trok zijn jas aan.

'Kowalski,' zei Krap met schorre stem. 'Ben je mijn vriend?'

'Natuurlijk ben ik je vriend,' zei Kowalski.

'Dan moet je mij geloven,' zei Krap.

'Het was een droom,' zei Kowalski, 'een mooie droom. Maar nu moet ik eens op huis aan, mijn plantjes water geven.'

Hij liet het schrift en de rode balpen op de hoek van de tafel liggen. Toen Kowalski vertrokken was, sloeg Krap het schrift open. De bladzijden waren leeg.

Ander werk van Bernlef

Constantijn Huygensprijs 1984
P. C. Hooftprijs 1994

Achterhoedegevecht (voorheen *Stukjes en beetjes*, roman, 1965)
Sneeuw (roman, 1973)
Meeuwen (roman, 1975)
De man in het midden (roman, 1976)
Onder ijsbergen (roman, 1981)
Hersenschimmen (roman, 1984) Diepzeeprijs 1989
Publiek geheim (roman, 1987) AKO Literatuur Prijs 1987
Ontroeringen (essays, 1991)
De witte stad (roman, 1992)
Niemand wint (gedichten, 1992)
Eclips (roman, 1993)
Schiet niet op de pianist. Over jazz (essays, 1993)
Vreemde wil (gedichten, 1994)
Alfabet op de rug gezien. Poëzievertalingen (1995)
Cellojaren (verhalen, 1995)
Achter de rug. Gedichten 1960-1990 (1997)
Verloren zoon (roman, 1997)
De losse pols (essays, 1998)
Aambeeld (gedichten, 1998)
Meneer Toto – tolk (proza, 1999)
Haalt de jazz de eenentwintigste eeuw? (essays, 1999)
Boy (roman, 2000)
Bernlefs Beste volgens Bernlef (2000)
Bagatellen voor een landschap (gedichten, 2001)
Tegenliggers. Portretten en ontmoetingen (2001)
Verbroken zwijgen (verhalen, 2002)
Buiten is het maandag (roman, 2003)
Kiezel en traan (gedichten, 2004)
Een jongensoorlog (roman, 2005)

De onzichtbare jongen (roman, 2005)
Hoe van de trap te vallen (jazzverhalen, 2006)
Op slot (roman, 2007)
Het begin van tranen (verhalen, 2008)
De pianoman (roman, 2008) Boekenweekgeschenk
Dwaalwegen (gedichten, 2008)